KB006590

또랑 영자네 삶은
어디까지? (I)

유영자 소설집

청어 도서출판

또랑 영자네 삶은
어디까지? (I)

유영자 소설집

폭발적 재미와 감동의
〈인생소설〉을 위하여!

-이은집(소설가, 한국문인협회 소설분과 회장)

　우리나라에서 문학의 장르에는 시, 소설, 수필, 아동문학, 희곡, 평론 등 여러 분야가 있습니다. 그런데 이번 첫 소설집 『또랑 영자네 삶은 어디까지? ⑴』를 선보이는 유영자 작가는 제가 소설, 수필과 아동문학(동화)까지 신인상 심사를 맡은 바 있는 인연으로, 이제 '축하의 글'까지 쓰게 되니 더욱 기쁜 마음을 갖게 됩니다.

　유영자 작가는 놀랍게도 이미 전국의 수많은 백일장을 휩쓸었고, 시집을 2권이나 출간한 바 있으며 또한 제가 주간을 맡은 〈한빛문학〉에서 소설, 수필, 아동문학(동화)까지 등단한 바가 있습니다. 아마도 우리나라 문단에서 이런 신인은 흔치 않은 사례라고 하겠습니다.

그런데 더욱 놀라운 일은 이미 2권의 시집까지 출간한 시인으로서 유영자 작가는 독자들의 인기를 크게 얻을 만큼 정평이 나 있으며, 특히 유영자 작가의 소설 등단작도 제가 심사위원으로서 심사를 한 바 그 탄탄한 실력을 인정했던 것입니다.

저는 방송작가와 작사가를 겸한 작가로서 근래 방송가의 화제가 되고 있는 각종 트롯 오디션 프로를 보면서 도전자의 경연곡 중에 〈인생곡〉을 부르는 것을 보았습니다. 이때 출전자는 자신의 삶과 연관된 〈인생곡〉을 부르는데 그 애절한 사연에 심사위원과 방청객 그리고 시청자의 감동에 따른 점수를 얻어 등위가 결정되는 것을 보았습니다.

바로 유영자 작가의 첫 소설집에 수록된 작품들이야말로 작가 자신이 살아온 삶의 체험이 고스란히 녹아 있는 〈인생소설〉로서 독자에게 폭발적 재미와 감동을 선사한다고 하겠습니다.

이 책에 상재된 소설들은 하나같이 유영자 작가의 살아온 궤적들이 담겨져 독자의 가슴에 공감과 감동의 불꽃을 타오르게 한다고 하겠습니다.

저는 항상 소설 작법의 3대 조건으로 첫째, 재미있게 잘 읽혀야 하며, 둘째, 작품 속에 어떤 의미 즉 주제가 녹아 있고, 셋째, 독자의 가슴을 울리는 감동을 주어야 한다고 주장하는데, 바로 유영자 작가의 소설들은 이런 3대 조건을 완벽히 실현하여 '소설이 소설로 그치지 않고 소설 이상의 소설이 됐다'고 찬사를 드리고 싶습니다.

이제 2권의 시집에 이어 문학의 꽃이라 할 수 있는 첫 소설집을 펴내는 유영자 작가에게 등단작의 심사위원이었던 귀한 인연의 작가로서 다시금 진심으로 축하의 말씀을 드리며, 독자 여러분의 큰사랑을 받으시길 기원하는 바입니다. 감사합니다.

유영자의 내력과 문학적 상황들

　제1고향 충북. 제2의 마음의 고향 강원도의 정동진에서 국민학교만 졸업을 하고 중·고등학교 과정 올 코스 검정고시 합격. 지금 현재는 독학사 국어국문학과 3단계 중임. 제9회 전국 성경고사대회(초, 중, 고, 장년부 전체 특등), 송강 정철 400주년 추모백일장 수상(수필 「땀」), 제18회 마로니에 전국백일장 수상(「낙엽」), 제25회 마포신문사 백일장 시 부문 장원(「대추」). 그래서 저도 저의 저를 사랑하시는 독자분들도 저에게 기꺼이 대추의 시인이라고들 하지요.

　저의 문학의 기초 배경은 고난과의 동반인 셈이지요. 그 고난을 이기려고 저는 성경 말씀을 청년 시절부터 죽기 살기로 읽으면서 지금까지 왔네요. 그리고 38세 이후부터 글을 쓰는 백일장과 공모전을 위해 태어난 사람처럼 글을 쓰기 위해 시간을 보냈지요. 때론 어린 아들을 등에 업고서, 어린 딸은 걸려서 길에서든, 버스 속에서든 글이면 글, 목소리 표현이면 목소리 표현, 공예품이면 공예품 공모전을 약 20년 이상 전업 작가 이상으로 표현하며 여러 가지 삶의 열매들을 차곡차곡 매달며 살아왔네요. 그 끝자락에 아직도 못다한 표현들 하며 살고 있는 중인데요. 전 태생이 어디서나 타고난 이야기꾼인가 봅니다.

저의 이야기를 남들에게 들려주고 남들에게 재미있는 이야기들을 듣기도 엄청 좋아하는 조선 시대의 직업이 이야기꾼이었던 전기수(傳奇叟)처럼 말이지요. 이제 문학의 4장르만 남았네요(번역문학, 평론, 희곡, 동 시조나 민시조). 이것도 제가 살아 있는 한 이루어 낼 것입니다. 여러분은 '또랑 영자네 삶은 어디까지?'란 제목으로 저의 다양한 삶을 아마 시리즈로 단편 소설을 계속 볼 수 있을 것입니다. 때론 웃기도 하시겠고, 울기도 하시겠지요. 제가 겪은 수많은 상황 속에서 가끔씩 저의 삶에 도전도 받을 것이고 위로도 받을 것입니다. 전 그것이면 됩니다. 그런 작가이고 싶네요.

좋은 정보를 발 빠르게 제공 해주신 이은집 소설가님, 저를 위해 기도 많이 해주신 새문안 가족들(집사님, 권사님들, 직장인 여 선교회), 화가이자 동화작가, 시인이신 착하고 맘씨 고운… 그렇지만 가끔은 도드라지게 바른말 잘하는 정경미 작가님, 늘 바른길로 안내하시고 많은 정보를 친절히 안내하시는 '시문회' 선배 동화작가이신 김남희 선생님, 늘 기도로 따스한 기운을 불어넣어 주시는 경남 창녕의 김후남 목사님, 그 외 저를 사랑하는 독자분들께 모두 모두 감사드립니다. 특히 돌 지난 자신의 딸을 기르면서도 엄마의 컴퓨터 작업을 도와주는 저의 딸에게도 고맙다는 말 표현하고 싶네요.

특별히 좋은 책을 만들기 위해서 수고하시는 청어출판사의 이영철 대표님, 임직원들께도 감사를 드립니다. 그리고 특별히 '예술인 복지재단' 관계자분께도 무한한 감사를 드리고 싶습니다. 창작 작품은 많아도 출판비가 없어서 정작 책을 내고 싶어도 내지 못하는 작가들의 앞길을 환히 비춰 주시는 등대 역할을 확실히 해주신 예술인 복지재단, 그 은혜 잊지 않고 저는 남은 생을 문학 창작 활동에 저의 몸과 영혼을 불태우겠습니다.

목차

또랑 영자네 삶은
어디까지? (I)

내 아버지의 꿈

내 아버지의 꿈

내 나이 68년을 살아오면서 가장 고마운 분들이 몇 분 계시다. 가장 고마운 분들은 먼저 한글을 창제하신 조선 시대의 세종대왕님과 집현전 학자들… 그분들의 엄청난 연구와 수고가 없었던들 우린 중국의 그 힘든 한자(漢字)들을 빌려다가 익히느라고 엄청난 노동력을 감수했어야만 했을 것이다. 어쩌면 그 노동의 대가는 우리의 일생을 나의 일생을 좀 먹게 하고 평생 기를 펴지도 못하게 만들었을지도 모른다. 위대한 겨레의 아버지 세종대왕님의 백성을 사랑하는 애민정신, 자주정신, 실용정신을 모태로 만들어진 한글. 우리글을 만드신 그분들 탓에 나는 하루하루를 새의 깃털처럼 가볍게 살고 있다. 배우기 쉽고 익히기 쉽고 너무도 과학적인 한글… 그렇다 하더라도 잘 익히고 사용하지 못한다면 그 무슨 소용이 있으랴.

나의 어머님께서 나를 낳지 않으셨다면 나는 이 세상

에 존재하지도 않았으리라. 한글을 배울 기회조차 없었으리라. 나의 아버님은 선대 조상분께서 어마어마한 빚보증을 잘못 서신 까닭에 자신의 꿈이 무엇인지도 모르고 살아오셨던 것 같으셨다. 들리는 말에 의하면 선대 땐 고대광실 부럽지 않게 살아오셨다고 한다. 과장법이 담긴 이야기인지는 모르지만 99칸 집에 살았다는 이야길 어머니와 아버진 종종 하셨다. 국민(초등)학교 다니던 나는 그런 이야기들이 모두 전설인 양 들려왔다. 그땐 너무도 가난하게 살았으므로… 우리 집보다 더 가난한 사람들도 더러 있긴 하였다. 우리 집에 세를 들어서 살았던 일척이네가 있었던 것을 보면…

아버진 국민학교 문턱도 밟지 못하셨다고 하셨다. 다만 자신의 아버지께서 훈장이셨기에 그 아버지께 한두 달 서당에서 한문을 익히신 게 고작이셨다고 아버진 가끔씩 말씀하시곤 하셨다. 그 짧은 기간이었지만 또래 친구들과 공부하면서 시험을 치를 때면 거의 1등을 독차지했다고 했다. 그만큼 아버지께선 총기가 좋으신 분으로 나는 알고 있었다. 아버지께서 그래도 한글은 익히시고 살아오신 것이 참으로 다행스런 일인지도 모른다. 아버지께선 귀동냥으로 한글을 익히셨을까? 아니면 누군가가 버린 책을 깡그리 베껴서 익히셨던 것일까? 5남매의 둘째 딸인 나는 아버지의 사랑을 독식하다시피 했지만 그것을 아버지께 차마 물어보질 못했다. 내가 추측하건대 엄청 어렵게 익히신 것이 분명하였다.

나 역시도 중·고등학교, 지금 독학사 국어국문학과 공부를 독학으로 하면서 참으로 힘들 때가 많았다. 아마 아버지께서 그 당시 국민학교만 졸업을 하셨어도 아버지의 인생길은 확연히 달라졌을 것이다. 어머니 역시도 국민학교 문턱도 밟지 못하신 분이셨다.

내가 국민학교 다닐 때 엄만 늘 사탕이나 오징어를 가지고 이웃집을 들락날락했다. 그런 것들을 가지고 가서 그 이웃집 분들에게 한글을 어설프게나마 익혀 오셨던 듯했다. 그것도 여의치 않으면 자신의 첫 딸인 언니에게 한글을 배우시곤 하였다는 소릴 나는 나의 언니에게 먼 훗날 들었다.

아버지의 소년 시절, 청년 시절은 가엽게도 그렇게 흘러갔을까? 그나마 한글을 조금이라도 익혔기에 아버지께선 삼국지를 7번 이상이나 읽었다고 하셨다. 그 내용을 줄줄 외우시고 다니셨고 다른 사람들에게 신나게 들

려주곤 하셨다. 마치 이야기를 들려주시는 것이 직업인
전기수(傳奇叟)처럼…

　그런 아버지와 어머니 사이에 나의 형제자매인 5남매
가 태어났다. 큰언니인 숙자 언니, 나, 나의 첫 남동생 제
근이. 둘째 남동생 제규, 막내 여동생 복자. 아버지께서
도 젊으셨을 땐 참으로 꿈이 많았으리라. 아무리 가난하
고 배움이 없다고 하셨지만… 아버지의 나이 고작 20세,
어머니 나이 18세에 두 분은 결혼을 한 것이다. 재물도
없고 배움도 없고 이렇다 할 기술마저 없던 두 분의 삶
은 과연 어떠한 모습으로 살아가야 할지 참으로 막막했
을 것이다. 하지만 두 분은 자신들의 꿈을 포기하고 오로
지 자신들이 못다 이룬 꿈을 자식들이 꼭 이루어 주기를
마음으로 단단히 결심하셨다. 특히 아버지께서 그 꿈을
마음속 깊이 간직하셨던 것은 분명하다. 다른 재산 같은
것, 그런 것은 물려주지 못해도 자식들에게 한글만은 꼭
익히게 하고자 마음으로 수도 없이 되뇌였다고 하셨다.
"내 무슨 일을 하든지 나의 자식 5남매만은 한글을 깨우
치게 만들고야 말겠어."라고 결심을 하고 또 결심하셨다
는 아버지의 결연한 모습. 그 고백을 먼 훗날에 듣게
되고 만다. 그것은 둘째 딸인 나의 향학열이 너무도 강렬

하여 아버지의 자부심도 되었지만 아버지의 커다란 짐이 됐을지도 모른다. 나 자신이야 공부가 좋아서 온전히 젊은 날을 공부에 취해 살았지만…

　나는 고향이 충북이었지만, 충북에서는 꼭 8년을 살았다. 국민학교를 입학해서 1년을 다니고 2학년이 되자마자 가세가 급격히 기울어졌다고 나의 어머님께 들었다. 아버진 농사에 대한 경험이 없어서 농사를 지으시면 늘 실패를 많이 하셨다고… 그런데다 할머니께선 늘 천식에 시달리시다 보니 약값이다 병원비다 감당이 안 되어서 살던 집을 자신의 동생이었던 나의 삼촌에게 넘기시고 강원도의 정동진으로 이사 갔다. 아버지의 빚을 삼촌인 작은 아버지께서 대신 갚아주셨기에 그럴 수밖에 없었다고 했다. 삼촌이 머슴살이를 해서 아버지의 빚을 갚아주신 탓에 아버지와 어머닌 너무도 미안해서 본인들이 살던 집을 삼촌 내외가 살도록 주시고 정든 고향집과 마을을 떠나게 되었다. 낯설고 물선 곳으로 마치 전쟁통에 피난을 가듯 떠났던 것이다. 그곳이 바로 강원도의 정동진이었다.

기차를 여러 번 갈아타고 오랜 시간이 걸려서 정동진 역에 도착했을 땐 벌써 어둑어둑한 밤이었다. 난 9살이 었지만 아버지의 등에 업혀서 정동진에서 분수골까지 가게 되었다. 약 30분 이상 걸리는 그 길을… 아버진 몹시 힘이 들으셨겠지만 난 그 어둠 속에서 아버지의 등에 업혀서 가는 것이 나는 마냥 좋았다. "얘 영자야, 이곳은 강원도의 정동진이라는 곳이야. 지금은 깜깜해서 아무것도 보이지 않지만, 저쪽엔 강물이 있고, 그 강물 위에 나무다리가 있단다. 그 강물을 건너면 네가 다닐 국민학교가 있단다. 그리고 저 강물 있는 쪽에 바다도 있단다."

이사 가기 전에 살았던 충북은 내륙에 둘러싸인 지형인지라 바다가 없었다. 충북에서 내가 본 것은 오로지 바위로만 연결된 곳에 도랑물이 있었다. 사람들은 그 도랑물을 바위로만 연결된 시냇물인지라 작은 웅덩이까지 있는 그 시냇물을 '방구 베기'라고 부르곤 하였다. 그곳 물웅덩이엔 유달리 까만 거머리가 종종 있어서 어린아이들을 놀래켰다. 다른 곳을 살아보지 않았기에 다 그런 것이겠지 하고 살아왔다. 그것은 내가 마지막으로 살았던 윗마을 고향의 모습이었다.

윗마을로 이사를 오기 전엔 평지였던 아랫마을에 살았었다. 내 나이 7살 전으로 어렴풋이 기억이 난다. 집 바로 앞에 꽤 큰 시냇물이 있었다. 날마다 냇가에 나가 그곳이 나의 놀이터인 양 물장구를 치며 놀았다고 부모님은 말씀해주시곤 하셨다. 그날도 어린 남동생의 기저귀와 다른 걸레들을 가지고 비누를 치덕치덕 칠해가며 신나게 빨래를 하고 있을 때였다.

어떤 할아버지께서 그냥 지나치시다 마시고 "어이, 참! 또랑 영자, 오늘도 또 빨래하러 나왔구만…" 하시고 농을 걸어오셨는데 겨우 네다섯 살 된 나는 되바라지게 이렇게 응수를 했다고 하였다. "너, 나한테 그렇게 까불면 못 써… 어디 감히." 쬐고만 것이 그런 말을 하는데 하필이면 그 근처에 그 할아버지의 며느리가 있어서 할아버진 너무나 민망해서 그만 가시던 길을 황급히 지나가시고 그 며느린 어이없어서 웃음을 지었다는 추억이 있었다. 그것도 부모님께서 들려주셨으니 그 시냇가의 추억들을 자신의 마음속에 수채화처럼 담을 수가 있었다.

물은 시냇물과 막연히 강물만 있는 줄로만 알았다. 아버지. 바다가 뭐예요? 바다는 어떻게 생겼어요? "내일 아침이 되면 볼 수가 있을 거야. 그때까지만 궁금해도 참으렴… 영자야. 그리고 말이다, 정동이란 지명은 우리나라에서 해가 제일 정동으로 뜬다고 해서 정동진이란다."

내일이나 며칠 뒤면 새 학교에서 새로운 친구들과 공부를 하게 될 텐데… 약간의 두려움과 설레임이 미풍처럼 일었다.

아버지의 등에 업혀오면서 아버지와 참으로 많은 대화를 나눈 것은 그때가 아니었나 하는 생각이 들 때가 종종 있다. 아마 아버지께서도 낯선 동네에서 생전 처음으로 적응을 해야만 하셨고, 그보다도 더 무서운 일은 한 번도 생각도 못 해 보셨고, 한 번도 해보지 않은 탄광의 갱부 일을 하셔야만 하는 일이 아버지를 기다리고 있었다.

아버진 곱상하게 생기신 분이셨다. 아마 공부를 많이 하셨더라면, 학교 선생님이나 공무원이 적성에 맞으실 딱 그런 분이셨다. 분수골에 식구들이 이사를 왔을 땐 아버지의 수영 형님 집에서 처음엔 지냈다.

나는 며칠 뒤에 학교에 전학을 한 학생이 되었다. 남자 선생님께서 나의 반 친구들에게 내 소개를 하며 친구들에게 인사를 나누게 해주셨다. 강원도에서 나의 첫 담임선생님은 키가 작달막한 남자 선생님이셨다. 난 그리 공부를 잘한 것도 아니고 못한 것도 아닌 아이라서 그 누구에게 두드러지게 나타난 적은 없었다. 왠지 가끔씩 고향 하늘을 바라보면서 커다란 산봉우리들을 보고 있노라면 고향이 곧 나타날 것만 같았다. 그곳의 친구들을 만나러 가고파 지기만 했다. 아버지도 어머니도 그러했으리라. 고향을 떠나서 산다는 것이 얼마나 향수병을 일으키셨을까?

아버지와 어머니께선 그곳에 작은 흙집을 지으셨다. 아버지의 탄광 일을 하시고 나서 시간이 날 때마다 틈틈이 지으신 그 집에서 서울로 일류 미용사를 꿈꾸며 떠난 언니를 제외하고 아버지, 어머니, 나, 첫째 남동생과 둘째 남동생, 처음엔 그렇게 살았다. 나중에 막내 여동생이 태어나기 전까지는…

내가 사는 집 근처는 충북과 달리 신작로는 검은 탄재가 날리고 붉은 흙은 없었다. 사람들 특히 남자 어른들의 모습은 정말로 이상하기만 했다. 거의 다는 아니지만 얼굴이 대부분이 흑인처럼 검어보였다. 얼굴 가운데 두 눈동자만 반짝반짝거렸고, 입술만 도드라지게 검지만 붉게 보였다. 약간의 생기라면 생기가 입술에 검은 콜드크림을 바른 양으로 반지르르 돌고 있었다. 어린 나는 아직 그런 삶의 모습들이 처음엔 무척이나 낯설게만 느끼고 있었다.

'여긴 아마 대한민국이 아닌 게야. 아마 미국이나 아프리카쯤 될 거야.' 자신이 살던 고향과는 판이하게 다른 이것은 또 무엇인가? 그리고 산의 밑둥치엔 여린 대나무들이 삐죽삐죽 하늘을 향해 자라고들 있었다. 분명히 모든 것이 내가 자라왔던 동네와는 달랐다. 비록 8년 동안 살아온 것이긴 하지만… 그뿐만이 아니었다. 정동국민학교의 아이들은 언어마저도 달랐다. 좀 놀라거나 어처구니없는 상황이 생기면 '아-아-아~~~구'를 사슴의 목이나 기린의 목처럼 길게 길게들 뽑아내고 있었다. '참 별난 언어도 다 있네' 그것도 한 애가 아니고 모두 그런 언어를 사용하고 있었다. 마치 교복이나 어떤 회사의 유니폼처럼… 내가 아이들과 그렇게 적응하고 있는 동안 아버지께선 탄광에 취직하신 듯했다. 탄광 갱부일… 갱부일을 시작하면서 아버진 내가 처음 그 동네에서 처음 본 아프리카 사람처럼 모습이 변해서 돌아오셨다. 마치 그 일이 자신의 본업이신 양으로… 어린 나는 어른들은 다 그렇게 사나보다고 생각했다.

어느 날 학교에 갔다 온 후에 아버지께선 내게 한문을 가르쳐 주셨다. 정동국민학교와 월, 화, 수, 목, 금, 토, 일. 그리고 내 이름 석자를… 난 아버지께서 가르쳐 주신 한문의 뜻을 금세 익혀버렸다.

바를 정(正), 동녘 동(東), 나라 국(國), 백성 민(民), 배울 학(學), 학교 교(校), 가르칠 교(敎) 날 일(日), 달 월(月), 불 화(火), 물 수(水), 나무 목(木), 쇠 금(金), 흙 토(土), 버들 유(柳)], 꽃부리 영(英), 아들 자(子). 유 씨 성의 본은 문화 유 씨라는 것도… 유 씨는 양반이라는 것도…

천자문을 뗀 것도 아닌데 단지 내가 필요한 한자와 뜻을 알았던 것뿐인데 훗날 그것이 내 삶에 커다란 위안과 용기를 주었다. 나는 결코 공부를 못하는 아이가 아니야. 단지 내가 공부를 열심히 하지 않았고 관심을 갖지 않았을 뿐이야. 봐, 우리 반 1등을 하고 있는 애도 모르는 그 한문의 글자와 뜻을 난 이미 진작에 줄줄 외우고 다니잖아. 그 애가 나보다 공부는 잘하는지 모르지만 나도 그 애보다 잘하는 것이 하나쯤은 있지 않나 하는 생각에 그 한자와 뜻은 오래도록 나에겐 보석처럼 귀히 여기는 글자들이 되고 말았다. 한껏 내 어린 시절을 기가 살게 만든 계기가 되었다.

남들보다 먼저 이미 어떤 자부심과 긍지의 새싹이 파릇파릇 자라나고 있었는지도 모른다. 항상 마음속은 어깨를 으쓱으쓱 거리며 다녔다. 마음속은 늘 춤을 추고 다녔다, 나는 단 한가지라도 나의 반에서 1등 하는 아이보다 먼저 알고 잘하는 것이 있는 아이라고… 집안은 여전히 가난했지만 마음만은 풍요로 가득 찼다. 나의 남동생들도 별 탈 없이 자라나고 있었다. 서울 간 언니처럼 두드러지게 공부를 잘하진 못했어도 그런대로 공부를 싫어하는 동생들은 없었다.

서울 간 언니가 영자의 공부는 자신이 책임을 진다고 했지만, 언니 역시 그 말에 책임을 지진 못했다. 중학교, 고등학교, 대학을 못 갔다고 해서 절망하진 않았다. 나만의 방법으로 그 빈 공간들을 채워 나가면 된다는 신념만은 있었다. 모든 것을 검정고시로 대처하였다. 그리고 그 무엇인가 부족할 것만 같아서 자투리 시간을 요긴하게 쓰려고 노력하였다. 돈을 내고서 다니는 곳은 못 다니더라도 교차로나 벼룩시장, 가로수 지역 정보 신문들의 정보를 나의 것으로 만들어서 활용하였다.

수학 때문에 2년을 잡은 검정고시 기간이 4년이나 걸렸어도 나는 참아냈다. 어떤 사람들은 비아냥거렸다. "떨어지고 떨어지는 쟤를 본받을 것이냐고…" 머리가 그리 좋지 않다는 말은 별로 들어보진 않았다. 28살이란 나이에 아르바이트와 공부를 겸해서 하다 보니 체력이 고갈된 것이 문제였다. 수학 시간은 언니네 미용실이 최고 바쁜 시간에 수업이 있었다. 어떤 땐 손님들의 파마를 말다가도 학원으로 뛰쳐나가고 싶었지만, 언니의 딱한 사정, 손님의 딱한 사정들을 고려하며 화난 마음을 다독여야만 했다.

그럴 때 오는 손님들은 머릿결조차 말총머리나 보통 사람들의 머릿결도 아니었다. 아주 보드라운 머리털이라서 여름철엔 내가 학원 시간에 맞추어서 빨리빨리 머리를 파머 기구로 머리를 말을 때면 나의 손가락과 손에 휘익 휘익 그 보드라운 머리카락이 감겨서는 떨어지지를 않았다. 그럴 땐 머리카락의 주인이 귀신같았다. 머리카락도 귀신이 장난치는 것만 같았다. 그럴 땐 마음을 나 스스로 누그러뜨렸다. 그 사람도 그 머릿결도 징글징글한 뱀 같지만, 내가 서둘러서 저 사람의 파마가 잘못 나온다면 저분은 또 얼마나 머리 때문에 고생을 해야만 하지… 난 할 수 없이 나 자신의 시간을 포기했다. 내가 공부하는 시간을 포기하고 그 사람의 머리를 차분히 마음을 가라앉히고 다른 때보다도 더 신경을 써서 그분의 파마를 완벽하게 해드리려 다짐을 했다. 언니에게 월급을 받는 입장이라서 그런 것도 있지만 그것은 전적으로 나의 습관과 성품 탓도 있었다. 나의 일은 혹사를 당하면서도 남에게 해를 끼치지도 못하고 바른말도 제대로 못 하고 꾸역꾸역 참는 것은 늘 나의 몫이었지요. 그러니 나는 꼭 누군가에게 당하고 사는 기분이 늘상 들곤했다. 언제나 착한 이미지는 나의 것이었다.

다른 암기과목은 기본적으로 아버지와 어머니의 유전자를 결합하여 외우면 되었다. 국어나 영어는 거의 책을 통째로 외웠다. 그러니 국민 윤리, 국사, 미술, 사회, 지리, 상업은 물론 말할 것도 없었다. 암기과목으로 따지면 그래도 평균 80점에 가까운 점수였다. 한순간 놓친 그 수업 시간들이 모여모여 나의 자존심을 깡그리 무너뜨리고 있을 줄이야. 평균 60점에 과락 40점만 안 맞으면 되는 점수… 그런저런 사정을 헤아리지 못하고 남을 배려

하지 않는 사람들은 함부로 입을 놀려대고 있었다. 그렇다고 반박하고 싶지도 않았다. 현재의 나의 모습이었으므로… 다만 나 자신과 신설동에 있는 검정고시 학원의 선생님들과 학우들만이 나를 안타까워하고 있었다. "언니는 평균점수는 좋은데…" 그 당시엔 영원히 합격하지 못할 것만 같은 불안감과 절망감이 나를 에워싸고 있었다. 나를 지탱한 것은 학업의 열정보다는 자존심과 지독한 인내심 때문이었다. 포기하고 싶지 않은 뚝심이었다. 사람들의 비아냥은 내게 아무런 걸림돌이 되지 않았다.

나의 지난날의 경험들이 나를 결코 무너지게 하질 않았다. '난 이래 보여도 전국성경고사대회에서 초등부, 중등부, 고등부, 장년부 969명 중에 전체 특등을 한 대기록도 세운 사람이야.' 물론 내가 바라던 완벽한 점수는 아니었어도… 나의 주특기가 아닌 나의 아킬레스건의 하나인 거의 객관식 문제에서 맞은 답안들… 그때 생각이 자꾸만 났다. 그때도 단번에 얻은 상급은 아니었다. 첫해는 장려상, 그리고 3년은 아무런 상을 받질 못했다. 그리고 그다음 해에 나의 주특기인 주관식 시험에서 2등을 했다. 그 시험에선 시간 조절에 실패를 했다. 답을 몰라서 틀린 것은 하나도 없었다. 나의 손목에도 시계가 없었고, 시험을 보는 그 교회의 시험실에서도 시계가 없었다. '아뿔싸! 이럴 줄 알았더라면 그 누군가에게 헌 시계라도 빌려 올 것을…' 글자 토씨까지 따지는 시험에서 아쉽게 그만 1등도 특등도 놓쳐야만 했다.

처음으로 수도 노회 예선에서 2등을 해서 충격을 맛보았다. 예선 전 만큼은 1등은 나의 몫이려니 장담을 한 것도 사실이었다. 왕십리 장로교회의 그 당시 박 집사님께서 1등을 하셨다. 그분께 성경 공부한 요령도 잠깐 배웠다. 주관식을 확실히 알아야 객관식도 확실히 풀 수가 있다고… 난 그 당시 책을 통째로 열심히 외우긴 하였어도 시험을 보는 요령은 그리 두드러지진 않았다. 예선전의 패배를 딛고서 전국성경고사대회에선 그분보다 한 등수 높은 등수를 차지했다. 나는 2등. 그분은 90점 이상자가 받는 등수인 우수상을… 글자의 토씨 차이이긴 하겠지만…

그 다음 해인 제9회 성경고사대회까지 그분의 영향력이 내게 미칠 준 나도 몰랐다. 그해에는 이상스럽게도 객관식 시험이 파노라마처럼 내 앞에 수험생들 앞에 놓여 있었다. 공부할 시간이 너무 없었던 나는 나 나름대로 장년부 공과의 소제목을 통째로 다 외웠다. 그땐 그 과의 큰 제목들을 흩트려 놓고 그 순서를 똑바로 놓는 문제가 많이 나왔다. 나는 답이 거의 다 보였다. 만약 그때 그 시험 문제가 주관식으로 나왔다면 나는 90점 이상자에게 주는 우수상도 못 탔을지도 모를 순간이었다.

해마다 예선 본선을 시험을 치른 지 6년… 해마다 52 과의 요절은 반드시 외워 와야만 했다. 기본적으로! 공과 책의 본문 어디에서 쿡 찔러도 어느 정도의 답은 나오게 마련이 되었을까? 오히려 주관식 문제에서 도리어 약간의 흠집은 있었다. 96점을 맞았다. 갑자기 바뀐 시험 탓에 모두 곤혹을 치른 것이 분명했다. 평상시엔 초등부, 중등부, 고등부에서 만점인 100점이 곧잘들 나왔다. 당연히 기독 신보와 교사의 벗에 커다랗게 나의 이름 '유영자' 석 자가 실렸다.

1. 전라도의 군산 개복동 예수교장로교회에서 전국성경고사대회 수험생들을 위해서 최초로 민박을 실시한 점
2. 그 시험을 치루기 위하여 대형 버스가 13대 이상 온

것 3. 그리고 전국성경고사대회 전체 특등 자가 장년부인 나였음을… 그해의 특별한 사건으로 기록이 되었다.

아마 그런 상황들이 생겨날 것을 주최 측도, 수도 노회 측도, 내가 다녔던 전농교회 측도 나 자신마저도 기대하지도 상상하지도 못했던 것이었으리라. 그것은 내 나이 27살 때 일이었다. 처음의 마음가짐이 중요하다. 그 대회를 처음 나갈 때부터 나는 언제고 꼭 만점인 100점을 받아서 장년부 특등을 받으리라는 단단한 각오를 가지고 시험을 보려는 마음으로 몇 년이고 다녔다. 첫해에 장려상을 한 번은 받았지만, 그 이후로 3년 동안은 아무런 상도 받질 못했다. 그렇다고 그 경비를 누군가가 대어 주는 것도 아니었다. 난 떨어지면 또 나가고 떨어지면 또 나갔을 뿐이었다. 그나마 다행인 것은 예선에선 거의 1등을 독식하다 보니 출전권은 항상 내게 주어졌다. 예선에서 1, 2등은 출전권이 이미 주어진다. 간혹 3등까지 자신이 속한 노회에서 출전권을 주기도 하였다.

나는 차비를 아끼려고 늘 자비로 완행기차를 타고 시험을 보러 다녔다. 동대구의 서현교회, 광주 중앙교회,

대전에 있는 대전 중앙교회, 부산에 있는 역사적인 초량 교회, 서울의 승동교회. 그리고 그 외의 교회들… 난 내가 살아있는 한, 그 대회가 있는 한 계속 나가서 꼭 특등을 하고 싶었다. 그때가 언제이든지, 언제고 오겠지 하며 도전하고 도전을 했다. 너무도 열심히 대회를 치르러 가는 내게 차비를 조금이라도 대어주는 사람들이 생겨나기 시작했다. 우리 교회 권사님이자 여 전도사님이셨던 '오로라 약국'을 하셨던 이월례 전도사님이셨다. "우리 딸, 이번에도 예선에서 1등을 했다고… 내가 또 이번에도 차비를 좀 보태주어야겠지." 하시며 자신의 호주머니에서 즐겁게 차비의 일부를 내어주시곤 하셨다.

전농교회에서 같이 주일 학교 선생님을 하셨던 최수용 선생님도 내게 경비를 보태주셨다. "이것 이상하게 생각하지 말라"면서… 나의 호주머니에 자신의 용돈 중에 일부를 꾹 찔러 넣어 주어서 약간은 민망하기도 하고 고맙기도 하였다. 그 선생님은 내게 이렇게 말했다. "세상 일을 그토록 열심히 하는 사람들도 보기 힘든데 유 선생님은 너무도 성경 공부를 열심히 해서 한 번쯤은 꼭 그 경비의 일부를 드리고 싶었다고… 자신이 감동을 받았다고… 큰돈은 아니라며…" 나의 삶에 대한 표현을 해주곤 유유히 사라졌다.

어느 해 인가는 예선전에서 그 어려운 요한 계시록과 12 소 선지서, 역사서를 완벽한 100점을 맞았다. 본선에서도 틀린 답은 한 문제도 없었건만 이상하게도 상에서 비껴갔다. 최소한 90점 이상자에게 주는 상인 우수상도 받질 못해서 의아해한 적이 있었다. 나 자신도 너무도 놀라고 의아해서 안개 낀 하루하루를 보내다가 전국성경고 사대회의 그 당시 총무님이셨던 오영호 목사님 댁을 찾아가서 그런 이야길 들려 드렸다. 목사님께선 한쪽 귀퉁이에서 시험지를 꺼내 보여 주셨다.

정말로 나의 예상대로 틀린 문제는 단 한 문제도 없었다. 다만 나의 답안지에 쓴 글씨체가 문제였다. 약간의 흘림체 글씨가 만약에 '자' 짜라면 '라'도 자도 아닌 점수를 받았던 것이다. 이름하여 세모표의 답으로 점수를 부여받았다. 글자 토씨 하나에 0.005점까지 채점을 가려야만 하는 점수에서 난 완벽한 답지를 쓰고도 폭삭 망한 셈이다. 울을 법도 했지만 울음이 안 나왔다. 나 나름대로는 최선을 다했기에 미련도 후회도 없었다. 다만 아쉬움과 안타까움만이 내 곁을 휩싸고 돌았다. 세모 표를 7 문제나 받았으니까… 참으로 허망했고 참담하기만 했다.

'아뿔싸, 이런 일도 다 있네.' 그런 실수를 범하지 않았으면 나의 계획은 4년 만에 이루어졌을지도 모른다. 목사님께선 난 모르는 일이라고 하셨다. 본인은 시험지 채점을 안 하셨다고 하셨다. 시험을 몇 년 동안이나 보았지만 실제로 시험 답안지를 나중에 볼 수 있었던 것도 그때가 처음이었다. 그런 상황들을 연출한 것은 전적으로 나의 잘못이었다. 누구를 원망할 사건이 아니었다.

난 다시 일 년을 기다렸다. 글씨체를 정자로 또박 또박 연습을 해나갔다. 꼭 시험 준비가 아니더라도 평상시 글씨를 쓸 때도 나는 글자들이 내 몸 인양 글씨체를 엄청 신경을 쓰기 시작했다. 글씨체로 인하여 엄청난 충격을 받고 나니 나의 글씨체에 대한 태도가 돌변하였다. 글씨체에 대한 유비무환의 자세가 내겐 없었었다.

시험을 볼 때 특히 주관식 문제의 시험지에 시험을 볼 때, 글씨체는 상당히 중요한 부분이다. 나는 글씨체를 별로 신경을 쓰지 않고 살아온 대가를 단단히 치렀다. 그 이듬해엔 욥기, 시편, 잠언, 전도서, 아가서, 로마서와 신약의 서신 쪽으로 공부했던 듯하다. 난 지금까지 성경 공부를 하면서 정말 깊이 성경 말씀에 빠져들고 있었다. 거의 완벽에 가깝게 주관식으로 시험을 본다고 해도 답을 척척 댈 만큼 공부를 했다. 거의 약 한 달 반을 잠도 자지 않았다. 내가 잠을 잤다면, 교회의 성가대 지휘자 발판에 잠깐잠깐 머리를 기대어서 피로를 풀 정도밖엔 자질 않았다. 그렇게 잠을 자지 못한 사람이 어떻게 시험을 그렇게 또렷한 정신으로 치렀는지 지금도 이상하고 신비롭기만 하다.

그땐 주관식 문제가 참으로 많이 나왔다. 그냥 대충이 아닌 섬세하게 적는 난이 참으로 많았다. 내 손목에 시계가 있었더라면, 내가 시험을 보는 성전의 한 공간의 벽에 벽걸이 시계라도 하나 있었더라면, 하는 아쉬움과 안타까움이 많이 남았던 성경고사대회였다. 내가 7년 동안 나간 성경고사대회에서 내 자신이 점수를 나에게 주었다면 주관식 시험에서 어떻게 그런 점수를 맞을 수가 있을까? 할 정도였다. 내가 내 자신에게 점수를 준다면, 99.7점을 줄 수 있었다. 시계가 없어서 시간 조절에 실패하지만 않았더라면, 난 그때 100점 만점을 맞고서 특등을 할 수 있지 않았나 하는 생각을 종종 해본다. 그때 나의 성적은 2등이었다. 어떤 조건이나 상황들은 시험을 보는 사람들이나 그렇지 않은 사람들에게도 생겨나기 마련이다. 내가 아무리 집중을 하려고 하여도… 그리하여 완벽한 모범생의 삶도 답안도 표현하기가 심히 어려움을 그때 난 느꼈다.

전국성경고사대회 일정이 다 끝나고 일행들과 같이 집으로 돌아오는 길이었다. 청량리역에 다다르자 누군가가 내게 팔짱을 낀 것을 느꼈다. 넌 대체 누구며 언제 내 옆에 와서 내 팔짱을 끼었니? 그녀는 백경실이란 아이였다. "아참 내 원, 언니가 내게 와서 내 팔짱을 먼저 끼었다고요." 그러니? 그게 정말이니? 되묻는 내게 그 아인 정말이라고 했다. 난 그제서야 조금 전의 나의 모습을 기억해냈다. 갑자기 나의 발이 진흙 웅덩이에 빠졌다가 안간힘을 다하여 다시 빠져나오는 것을 몇 번이나 느껴서 그 아이 팔짱을 끼었을 것이란 생각이 순간 들었다. 그 아이에게 "얘, 나 말이다, 내 신발이 갑자기 하늘로 솟구쳤다가 땅 밑으로 가라앉는 것 같은데 너는 어떻니?" 그 아이에게 물었던 생각이 났다. 난 약 한 달 반 동안 잠을 자질 않아서 갑자기 나의 몸이 무거워졌던 것이다. 시험을 치렀으니 긴장감이 사라져서 내가 감당하지 못할 만큼의 잠이 갑자기 쏟아지고 있었던 것이다. 교회에 다다라서 담임 목사님께 경과보고를 드린 후에 모두들 흩어졌다.

나만이 교회에 홀로 남아서 그동안 누적된 피로를 풀어보려고 눈을 감아보았다. 조금 전의 나의 모습과는 달리 몸은 몹시 고달픈 데도 그 많은 잠이 나의 몸 구석구석에 스며들어 숨바꼭질을 하는 것일까? 도무지 잠이 오지 않았다. 그것은 하루 이틀의 문제가 아니었다. '오호, 잠이여. 내게 오라, 내게 오라. 제발 나로 하여금 달콤한 잠을 좀 푹 자고 온전한 정신으로 돌아가게 해주렴…' 난 그 당시 '수도 성경 전문학교' 2학년을 눈앞에 두고 있었다.

어머닌 그런 딸이 영 못마땅해서 내가 집에 오는 것마저도 싫어하셨다. 난 낮엔 아르바이트를 하여 학비를 벌었다. 밤엔 야간 학교인 그 학교를 내 집인양 다녔다. 집에 갈 땐 거의 옷을 갈아입거나 빨래를 하거나 목욕을 하러 갈 때였다. 거의 교회의 한 공간, 일종의 교실에서 지낸 셈이다. 집사님들과 권사님들과 교회에서 성경책도 보고 기도도 하면서 그런 밤을 보냈다. 교회가 내 집 인양 교회 안에서 거의 지내다시피 했다. 잠도 습관이었을까? 내가 잠을 자지 않은 시간만큼 한 달 반 동안을 잠자는 연습을 한 후에야 비로소 잠이 오기 시작했다. '오호, 오랜만에 느끼는 달콤한 잠이여…'

비록 거의 등걸잠이었지만 난 비로소 너무도 포근한 단잠을 잘 수가 있었다. 내가 교회에서 보낸 그 1~2년의 기간은 꿀맛 같이 지나가고 있었다. 여 집사님들과 권사님들의 사랑을 듬뿍 받으면서 그분들의 기도도 받고 지냈으므로…

제9회 전국성경고사대회가 시작되기 전의 어느 날 새벽 기도회가 끝이 나고서 김현중 목사님께서 물으셨다. "얘, 영자야. 올해도 시험을 보러 갈 거니?" 네에, 가요. 말씀드렸다. 목사님께선 이렇게 말씀을 하셨다. "올핸 내가 당회에 이야기를 해서 너의 경비를 한번 말해 보려고 해. 경비가 얼마나 드니?" 군산은 처음 가는 길이기도 하고 갑작스런 목사님의 질문에 한 5천 원쯤 들 것 같아요란 말씀을 드렸다. 목사님께서 정말로 당회에서 의논하셨는지 어느 날 봉투를 건네주셨다. 시험을 보러가기 며칠 전쯤에. 처음으로 자비가 아닌 교회에서 주는 비용으로 시험을 치르러 가게 되었다.

목사님의 기도와 성도님들의 기도의 후원, 나의 열정과 끈질긴 인내심은 드디어 튼실한 열매를 맺었다. 내가 바라던 특등을 그것도 전체 특등을 하고 돌아오게 되었다. 주일 낮 설교가 끝나고 광고 시간에 목사님께서 빙그레 웃으시면서 내가 타온 트로피를 성도분들께 보여주었다. 그해 예선전의 상패가 늦게 도착 되어 함께 나의 상패를 소개를 해주셨다. 목사님께서도 엄청 신이나 보이셨다. "이것은 수도 노회에서 주는 1등 상패. 이것은 전국성경고사대회 특등 상패…" 하시며 설명을 해주셨다.

　　전농동에선 큰 교회이긴 하였지만 전국 규모로 따지면 그리 큰 교회는 아니었다. 우리 교회는 다양한 인재들이 참으로 많았던 것 같았다. '사도 신경'의 작곡가 겸 지휘자 정희치 선생님도 계셨고, 김 동훈 지휘자님, 성악을 유독히 잘 부르신 분들이 참으로 많았다. 김연식 장로님께선 늘 '성자의 귀한 몸' 찬송이나 '저 강 건너 낙원 있네' 찬송을 특송으로 많이 부르셨다. 딸만 많은 집(딸이 넷)의 인숙 언니네 딸들은 찬송의 귀재들이었다. 큰 언니였던 명숙 언니도 늘 특송을 많이 불렀다. 꾀꼬리처럼 예쁜 목소리의 인숙 언니가 내 곁에서 찬송을 예배 시간에 같이 부를 때면 난 너무도 행복했다. 셋째 딸은 인물도 빼어나게 예뻤다. 거기에다 목소리조차 아름다웠으니 모든 사람이 부러워했다. 그 당시 음대를 나오진 않았지만, 음대 나온 사람들 이상의 목소리로 '거룩한 성'을 특송으로 여러 번 듣게 되었다. 참으로 황홀한 시간이었다. 그 시간이 영원할 것만 같았다. 영원하길 바랐다. '오호, 행복한 날들이여… 영원하라. 영원하라.'

우리 교회엔 전국성경고사대회에서 상을 받은 학생들도 제법 많았다. 그중에 특색 있는 아이들을 꼽자면, 나보다 먼저 그 시험을 보았으되 단 한 번에 특등을 받았던 박신영 초등부 2학년이었다. 그 앤 학교에서도 엄청 공부를 잘했던 것으로 소문이 나 있었다. 그 집 식구들은 거의 천재 수준의 아이들이 즐비했다.

나도 그 아이의 공부 방법론을 살짝 엿보고 실행으로 옮겼다. '새마을금고'의 달력처럼 얇은 달력 하나만 있으면 그해의 공과 책의 52과의 성경 요절을 외우는데 문제가 없다. 그 달력이 얇기에 작게 성냥갑만 하게 오려서 늘 적어서 지니고 다니면, 그 달력을 쫙 펴면 52과의 요절을 다 외울 수밖에 없다. 전농교회에선 그 아이와 내가 그때까진 특등 자였다. 그 아인 초등부에서… 난 장년부에서. 사실 그 공과 책은 그 부서의 지도자분들께서 학생들을 지도하게 하시려고 만든 공과 책이었다.

그날 수상 소식을 접한 담임 목사님의 사모님이셨던 안정숙 사모님께선 하루 종일 나를 따라다니셔서 즐거운 곤혹을 치르기도 하였다. 나를 보고 '빛난 보배. 정한 보배'라고 하루 종일 쓰다듬고 다니셔서 말이지요. 그 공과 책이 7년 사이클로 되었다는 사실을, 만들어진 것을, 나중에 총회 신학교에 계셨던 신 목사님으로부터 성경 학교 다닐 때 듣게 되었다.

난 4회 때부터 쭉 쉬지 않고 나갔으니 성경 한 권을 세부적으로 뗀 셈이 되었다. 그것도 전국에서 내노라 하는 노회의 예선에서 1등이나 2등 하신 분들과 겨루어서 시험을 치르는 대회… 특등을 하고 다시 또 한 번을 더 나갔다.

제10회 전국성경고사대회… 그땐 내 기억 속에 사복음서, 특히 요한복음 공부를 세밀히 하고 사도행전 등을 열심히 공부한 생각이 납니다. 성경시험지를 받을 때 시험지를 배부하시는 분께서 귓속말로 내게 물어왔다. "올해도 특등 할 자신이 있으세요?" 난 잘 모르겠다는 말씀을 드릴 수밖에 없었다. 예선전도 떨어지는 줄 알았다.

간신히 합격하긴 했지만 전국 대회를 치르기 며칠 전에 연탄가스를 맡아서 머리가 멍한 상태였기 때문이었다. 그래도 90점 이상자에게 주는 우수상은 받았다. 7번 도전에 4번 입상도 했고, 성경 한 권도 세부적으로 열심히 공부를 해 본 나는 그 이후론 그 대회를 나가진 않았다.

　그토록 머리 좋다는 말도 들었건만… 아직 수학이란 걸림돌을 치우지 못했다. 검정 고시문제… 늘 내겐 부담으로 다가왔다. 하지만 내가 남들보다 무엇인가 내가 잘할 수 있다는 일이 있다는 것, 그 자긍심이 나를 이끌었다. 인내심까지도 덤으로 내 맘속에 실어 주었다. '그래 아무리 내가 나이 먹어서 시작한 공부라고 치자. 내가 포기하지 않고 끊임없이 도전하자. 그러면 그 도전의 끝은 있을 거야. 그렇지. 영자야. 넌 할 수가 있어. 전국성경고사대회에서도 넌 이미 특등을 거머쥐었잖니? 그렇지 않니?' 난 끝없이 내 마음의 이야기들을 나에게 풀어 놓았다.

　'난 시집을 못 가는 한이 있어도 이 검정고시만은 끝을 내고 말거야.' 이 검정고시를 끝내지 못하고 내가 만약 시집을 간다고 하자. 내가 만약 결혼을 한 후에 나의 아이들이 태어난다면, 내 아이들에게 공부를 열심히 하란 말을 절대로 할 수 없을 것만 같은 막연한 두려움이 생겼다. 평생 아이들에게 공부에 관해 큰 소리 한 번 못 치고 어정쩡한 엄마 노릇을 할 수밖에 없어 보였다. 그것이 죽기보다 싫었다. 검정고시를 빨리 빨리 합격을 못 했을 땐 하늘을 제대로 쳐다보지도 못하고 다녔다. '그게 무슨 죄라고 그렇게 하늘을 자연스레 바라보지 못했을까?' 누구나 언제든지 바라볼 수 있는 그 하늘을… 몸과 마음만 조금만 바꾸면 그 하늘은 언제나 내 곁에 있어주었다. 과거, 현재, 미래까지도…

그런 마음가짐으로 살다 보니 그토록 중압감에 눌려 있던 수학이 드디어 합격했다, 고검 대검 모두 다… 너무 지쳐서 정작 합격을 했을 땐 합격의 기쁨을 만끽하진 못했다. 다만 '내가 나 자신에게 약속한 약속을 지켰을 뿐이어서 다행이다'라는 생각만을 했을 뿐이다. 매번 한 문제 차이로 36점을 맞아서 한 문제 차이로 떨어진 수학 과목… 마지막엔 한 문제만 틀리고 합격을 하였다. 96점으로 마무리를 한 수학 과목의 점수… 그것은 내가 결코 수학을 잘해서가 아니었다. 검정고시 사상 수학 문제가 가장 쉽게 나온 해였었다. 그리고 공식을 써다 바치기를 단과 학원 수학 선생님과 약속을 하고 날마다 써다 바친 적이 있었다. 못 써다 바치는 날엔 나보다도 훨씬 키가 작으셨던 임녹봉 선생님께 나는 허리를 굽혀서 머리통에 꿀밤을 여러 대 맞기도 하였다.

내가 검정고시 시험을 보는 기간 동안 단 한 번도 수학 공식이 시험에 나온 적은 없었다. 그것도 객관식으로… 그런데 여러 문제가 그것도 공식을 써다 바친 문제들이 여러 문제 나오기도 하였다. '앗, 이럴 수가…' 영원히 합격할 것 같지 않았던 검정고시 기간들… 안될 땐 접시 물에도 코를 박고 죽는다고 했다. 매번 36점… 한 문제 때문에 합격을 못 한 적 이 더 많았다. 하지만 잘 될 땐 답을 찍어도 맞을 때가 있었다. 난 가끔 생각하곤 합니다. '어떤 일이든지 하나님께선 인간에게 최선을 다하게 만들게 하시고 나면 하나님께서도 너무도 가여워 덤으로 가끔은 점수를 후하게 주실 때도 있다는 것을요.'

그리고 남들보다 늦게 합격을 했다 치더라도 난 그래도 최소한 2년은 벌었다. 청소년들이 중학교 과정 3년, 고등학교 과정 3년 합해서 6년을 거쳐야만 하는 공부를 그래도 4년 만에 끝을 냈으니 2년은 시간을 벌은 셈이었다.

내 나이 28살에 시작한 검정고시… 32세가 되고 말았다. 다른 사람들은 노처녀 취급을 했겠지만 난 마음이 젊어지고 있었다. 중·고등학교 과정을 정식으로 다니진 않았지만 국가고시로 패스를 했으니 내가 마음만 먹는다면, 대학교도 대학원도 해외 유학까지도 꿈을 꿀 수가 있게 되었다.

국어, 영어, 수학 점수가 좋았던 나. 특히 수학 점수가 좋았던 나는 연대 신학과에 시험을 응시할 수 있었다. 그때 아버지는 기뻐하시기보다는 내 앞에서 걱정을 하고 계셨다. "나는 너희 5남매 어찌하든지 까막눈만큼만은 면하게 해주려고 죽을 고생 다하면서 온갖 일을 마다하지 않았는데 자식의 꿈은 너무나 커서 내가 감당하지 못하겠다고…" 하소연과 함께 한숨을 내뿜으셨다. 난 그때 아버지에게 학비를 보태 달라는 어떤 말도 하진 않았다. 아버지께서 까막눈만 면하게 해주신 것도 감사해 하지도 않았다. 아버지의 나약한 모습만이 보였다. '어쩜 나의 아버지는 꿈이 그리도 소박하실까? 그토록 작은 꿈을 꾸셨으니 이정도 밖에 아버진 꿈을 이루지 못했잖아요?

아버지를 향해 반문하고 싶었다. 좀 더 큰 꿈을 꾸시고 살아오시지 못한 아버지를…' 공부 욕심이 지나치게 많은 나는 아버지의 삶의 무게를 좀 더 무겁게 해드린 불효녀였다.

연대 신학과에 국, 영, 수 점수를 가지고 일단 입학시험에 응시했다. 면접시험도 봤다. 그날 아버지께서 이런 말씀을 하셨다. 지하철 공사 일을 같이 하시는 분의 자녀분들이 대학교 시험에 응시를 했다더구나. 그래서 나도 그 사람들에게 말했지. "우리 둘째 딸도 오늘 시험을 치루러 갔다"고. 사람들이 묻더구나. 어느 대학에 응시를 했느냐고… 그래서 내가 말했지. 연세대학이라고… 그때 사람들이 나를 부러워하는 눈빛으로 보더구나. "따님이 연대를 응시 했다구요?" 아버지는 마음속의 걱정을 지우시고 오랜만에 동료분들 앞에서 기가 사셨던 것 같으셨다. "만약 네가 연세대학에 합격만 한다면 말이다. 내가 유 씨 문중에 가서라도 너의 장학금을 타다가 학비를 보태주겠다"고 장담을 하셨다. 나는 성적은 괜찮았지만 노처녀라서 떨어졌는지 면접시험에서 떨어져서 그 학교를 가진 못했다.

난 가끔 이런 생각들을 해보곤 합니다. 평생 동안 자식들의 까막눈을 면하게 하시려고 애쓰신 아버지를 위해 하루라도 더 기를 펴게 해드릴 수 있는 일도 있었는데 그것을 못 해드렸네. 내가 만일 연대가 아닌 서울대를 응시했더라면, 우리 아버진 얼마나 기뻐하셨을까? 얼마나 기가 사셨을까? 기왕에 떨어질 것을 아버지에게 그런 기쁨을 안겨드리지도 못했네 하며 때늦은 후회를 하기도 합니다. 아버지, 당신의 살아생전의 모습을 저는 가끔 제 기억 속에서 가끔씩 들추어 봅니다.

아버지의 생애는 늘 흙, 먼지 속에서 사셨지요. 지금처럼 마스크도 없는 시대에 무거운 철모 하나 쓰시고 등과 허리도 맘껏 펴지 못하시고 산소조차 충분하시지 못한 곳에서 약 6년을 석탄을 캐는 갱부로 사셨지요. 그것도 모자라서 건강이 허락하는 한, 몸이 지탱하시는 동안은 남들이 놀리고 꺼려하는 고물장수 일도 마다하지 않으셨지요. 이 산골짝 저 산골짝을 다니셨을 아버지… 이마을 저 마을 흙먼지를 뒤집어쓰시고 다니셨던 아버지… 학교 운동회 때 아버지께서 학교에 오셔서 엿을 파실 때면 내색은 안 했지만 저는 친구들에게 약간 부끄러웠었지요, 왜 우리 아버진 다른 아버지들과 달리 하필이면 그런 일을 하셔야만 했는지를 알지 못했으니까요. 왜 아버지라고 민망하시고 부끄럽고 힘이 드시지 않았을까요?

서울로 이사를 오신 후엔 그 탄광의 갱부일 만큼은 벗어나셨지요. 여전히 약간씩 고물장수 일도 하셨지요. 지하철 1호선 공사 일의 막노동이 아버지의 직장이셨지요. 험난한 아버지의 노동일이셨지만 아버진 단 한 번도 불평하신 적이 없으셨지요. 왜냐구요? 아버지의 꿈은 너무나도 소박하지만 너무나도 위대하셨으니까요. 아버지께선 그 직장이라도 있었기에 새벽에 일터로 나갈 수 있음을 당당히 여기시고 감사하셨을 거예요. 아버지의 한 몸을 온전히 불살라서 자식들 까막눈을 면하게 하려고 하셨음을⋯ 지하철 그것도 1호선을 이용할 때면, 아버지의 손길, 노동력을 느끼곤 합니다.

그땐 몰랐어요. 아버지 자신이 약속한 그 약속을 지키기 위하여 얼마나 아버님의 몸은 괴로우셨을까요? 아버지의 삶은 좀처럼 아버지 자신에게 너그러운 삶을 허용하시지 않으셨지요. 언제나 일인이역 영어 문법의 분사구문처럼 살다 가셨지요.

국어의 문법에서도 영어의 문법에서도 부사는 주어를

살려주기 위하여 벌처럼 바쁘지요. 아버지 자신은 엑스트라로 살아가셨지요. 그래요. 아버지의 자식들은 이 세상에서 주인공으로 살게 하시려고 말이지요. 아버진 그 험한 삶 탓에 67세의 아쉽고 안타까운 나이에 이 세상을 등지시고 하늘나라로 가셨지요.

아버지, 둘째 딸이 아버지의 꿈의 열매를 보고 드릴게요. 아버지 살아생전에도 자녀들의 삶을 조금은 보시고 가셨지요. 숙자 언니는 일류 미용사로 약 60년 이상을 미용사 일을 하고 있으리라 생각 못 하셨겠지요. 제근이 동생은 워낙 성실해서 사회의 일원으로 잘 살아가고 있구요. 아버지께서 살아생전에 사업에 크게 성공했던 제규 동생도 열심히 살고 있구요. 특히 어렸을 땐 공부와 관계없이 살 것만 같은 아버지의 막둥이 딸은 정식 교사는 아니지만 학교에서 근무를 몇십 년 동안이나 하고 있어요. 퇴직 후에 할 일을 찾아서 그 어려운 '식물기사증'도 땄어요. 그리고 '나무의사 자격증'도 필기는 합격을 해놓았구요. 이제 실기 시험만 합격하면 된다나 봐요. 아버지… 시험을 4000명 이상 본 사람 중에 400명가량만 합격을 한 곳에 아버지의 막내딸이 있다는 것 자랑스러우실 거예요. 그 시험을 보러 오시는 분들의 이력들이 어마무시하다고 들었어요.

아버지. 이젠 저의 이야길 들려 드릴게요. 늘 행동이 굼뜬 저도 아버지의 삶을 이어받았나 봅니다. 이것을 하면서 저것을 하느라 바쁘게 살아왔어요. 아버지, 아버지 이야기를 공모하는 곳에선 그 어떤 작은 상이라도 다 거머쥐었어요. 제일 큰 상은 비록 장려상이긴 하지만 저의 첫 백일장에서 '땀'이란 주제로 수필을 써서 상을 받았어요. 그것도 우리나라의 대문호 '송강 정철 400주년 추모 백일장'에서 말이지요. 어린이 대공원에서 하였던 한글날 글짓기 수필 부문 '아버지'로 장려상을… 제일제당의 사보 중에 생활 속의 이야기 잡지엔 특집 '아버지'에 실려서 그곳의 직원분과 인터뷰에 응하고 원고료 20만 원을 받았어요. 아버지 살아생전이라면 아버지께 용돈을 드릴 수도 있었으련만. 아버지 이야기로 SBS방송국 초창기에 '행복 찾기 프로'에 100인에 뽑혀서 그곳에서 주는 출연료 3만 원과 부상으로 나무 벽시계도 타왔던 적도 있었어요.

아버지의 자식 사랑, 끝없는 땀의 노동력의 대가는 무엇인지 아세요? 아버지의 지극히 작은 소망이 무엇인지 아버지의 5남매 어린 시절엔 몰랐겠지요. 때가 되어 모두 한글의 눈을 활짝 활짝 열게 된 것이지요. 아버지께서 이런 방법 저런 방법 다 동원하여서 자식들에게 꿈을 심어 주셨던 것 압니다.

저 역시 전국성경고사대회 치를 때 별난 별난 방법을 다 동원하여 시험을 치렀지요. 나중 몇 년은 '제 자신이 문제 직접 출제자가 되어 처음엔 책 한 권의 분량에서 300문제 그리고 200문제, 100문제, 50문제, 마지막엔 정말로 나올 시험 문제 25문제'를 추려내었지요. 그러다보니 어부가 물고기를 잡기 위해 바다에 그물망에 고기를 담아서 잡아내듯이 그 어렵던 문제들은 제가 직접 추려낸 문제들 속에 답이 속속들이 있었던 것이지요.

아버지께서 한글 한 움큼 빛으로 안겨주신 것으로 이 둘째 딸은 '고검, 대검, 지금의 독학사 3단계 국어국문학과'까지 평탄히 공부해왔어요. 저의 나이 68세지만 영어 번역 책 한 권은 발표를 제가 살아있는 동안 꼭 표현해 낼 것입니다. 그 옛날 아버지께서 고물장수를 하실 때 누군가가 고물로 내놓은 그 책… 본인은 배움이 적으셔서 읽지 못하셨던 그 책… 아버지께서도 그 책이 많이 읽고 싶으셨을 것 같았지요. 그 책은 영어로 쓰이긴 하였지만 종이의 질도 좋고 파스텔 톤의 그림들이 삽화로 그려져 있었으니까요. 그 책을 자식들에게 읽히시고 싶으셨던 아버지… 아버지 살아생전에 읽어 드리진 못했지만 제가 대신 읽어서 당신의 아쉬움과 안타까움을 대신해 드릴게요.

아버지 너무 놀라진 마세요. 다른 사람들이 저를 비웃든 말든 저의 나이 70살이 다 되어 가지만 전 노벨 문학상의 꿈을 제가 살아생전엔 접진 않을 것입니다. 아버지 영전에 제가 노벨 문학상을 수도 없이 타다 드린다 하여도 아버지의 자식 사랑, 결코 잊을 수가 없기 때문입니다. 연약한 몸으로 산소조차 넉넉하지 않은 갱 속에서 그 석탄들을 곡괭이로 삽으로 캐내신 아버지의 고생을 생각한다면, 전 오늘도 내일도 아버지의 꿈이 비록 제가 꾸고 있는 꿈이 아닐 지라도 도전에 도전을 하렵니다.

그것은 세종 대왕님께서 만들어 주신 우리의 한글이 있기 때문입니다. 아버지께서 저희 5남매 까막눈을 면케 해주시려는 그 간절한 소원을 이루어 주신 꿈의 보답이에요. 덤으로 아버지의 그 마음에 늦었지만 아버지의 꿈의 이자까지 부풀려 담뿍 꽃다발처럼 아버지께 안겨드리기 위함입니다.

옆집 남자

옆집 남자

오류동에서 3번 버스를 타고 시흥시를 갈 때면 천왕동이란 마을의 이름을 듣게 된다. 산동네이면서 빈민촌인 것 같은 천왕동이란 마을의 유래가 가끔은 궁금하기도 했다. 하늘 천(天) 자이니 하늘이 맞닿는 동리 같고 임금 왕(王) 자이니 임금님이 계시는 동네같이도 느껴졌다. 때로는 왠지 모르게 귀신 중에서 귀신의 왕들이 자리 잡고 살고 있을 것만 같은 생각에 으스스한 마음이 들곤 하는 마을이 천왕동이다. 시흥시에서 그 천왕동 마을로 이사를 온 지도 올해로 3년째가 된다. 마을에 아는 사람이라곤 아무도 없는 이곳에, 내가 이곳에 이사를 오다니… 동네 젊은 아낙네들은 거의 다 직장에 다니므로 낮엔 사람 구경을 하기가 어렵다. 이웃 사람들을 사귀고 싶어 옆집에 놀러 갔다. 연세가 60이 다 되었을 듯한 아줌마께서 반갑게 맞아 주셨다. 그 아줌마와 이런저런 이야기를 나누었다.

아줌마, 이 집은 몇 가구나 사세요? "3가구예요." 옆집 아줌마는 답해주었다.

그럼 누구누구 사시는데요?

"나랑, 혼자 사는 옆집 아저씨, 그리고 총각들이지 뭐…"

그런데 옆집 아저씨는 왜 혼자 사시는데요? "부인이 미용 일을 해서 돈도 잘 버는데 남편은 일도 안 나가고 술만 마시면서 속을 썩이니, 애 엄마가 딸 아이 하나 데리고 도망가 버렸지, 뭐…"

아줌마, 그 남자 얼핏 보니 인물은 영화배우처럼 잘생긴 것 같던데, 인물값도 못 하는 것 같아요.

"그러게나 말예요." 옆집 아줌마도 안됐다는 표정을 지었다. 가끔씩 동네에서 이상한 일이 생기거나 사건이 발생하면 나는 동네 이름 탓으로 돌려버리곤 했다. 몇 달 뒤에 그 옆집 아주머니도 직장을 따라 좀 먼 곳으로 이사를 갔다.

나는 동네 사람들 파마를 해준다거나, 광명6동에서 일어회화, 영어회화, 중국어회화를 배우러 다니느라 옆집에 신경을 쓸 겨를이 없이 보냈다. 딸아이는 학교를 보내고, 4살 된 아들을 데리고 다녔으니 나는 늘 정신없이 바

쓰기만 했다. 일주일에 한 번씩 종로에 있는 독서토론회에도 나가야 했다. 가끔씩 이곳저곳에 글도 공모해야 하고, 생활비가 부족하면 방송국을 뚫어 출연해서 모자란 생활비를 충당해야만 했다. 가끔 자투리 시간에는 학사고시 공부도 해야만 하는 나로서는 옆집 사람들을 보지도 않고 살았다. 특히 5월과 10월은 누군가의 표현처럼 온전히 백일장 나들이를 하는 계절이었으므로 1년 중에 가장 바쁜 달이 아닌가 하는 생각이 든다. 이렇게 바쁜 생활을 해야만 하는 나의 행동은 늘 무엇에 쫓기는 사람처럼 헐레벌떡 뛰어다니곤 했고, 습관처럼 되다 보니 가슴은 늘 콩닥콩닥, 새처럼 파닥거리는 가슴으로 세월을 보내게 되었다.

어느 날이었다. 그날도 동네 아줌마 파마를 해드리러 가는 길이었다. 바삐 뛰어가는 나를 누군가가 부르고 있었다.

"아줌마! 아줌마! 우리 마누라도 미용사인데, 아줌마는 미용사이니 돈을 잘 벌 텐데… 왜 이런 동네에서 살아요?"

네엣? 뭐라고요? 저 지금 몹시 바쁘거든요. 말로만 듣던 그 옆집 남자는 술에 취해서 내게 질문을 했다. 나는 파마를 해드리러 급히 발걸음을 옮겼다. 마음속은 그 남자를 향해 욕설을 퍼붓고 있었다.

'별놈 다 보겠네. 쳇! 남이야 이런 동네에 살던, 안 살던 웬 참견이야. 자기 부인과 딸 부양도 잘못해 도망가게 하고선… 홀아비로 사는 주제에! 내 세상 오래 살다 보니 별일을 다 보겠네.' 나의 마음은 그 남자를 향해 투덜거리고 있었다. 동네 이름 탓에 이상한 사람들이 모여 사는 느낌이 자꾸만 드는 것을 어쩔 수가 없었다.

기분 나쁜 그 남자의 영상이 잊혀져 갈 무렵이었다. 어디선가 본 듯한 어떤 남자가 빈 물통을 들고 우리 집의 대문 안으로 들어왔다.

"아줌마, 물 좀 주세요."

왜 아저씨 집은 수돗물을 쓰시나요? 물이 나오지 않나 보죠? 나는 물통을 깨끗이 씻어서 물을 담아 건네주었다. 두 집 다 지하수를 쓰고 있었는데 내 집은 괜찮고, 그 옆 집 남자의 집 지하수엔 실지렁이가 물에 담겨서 나온다는 것이다. 물통을 받은 그 남자는 고맙다는 인사말을 남기곤 집 대문을 나섰다. 그리고 주변을 두리번두리번 살피고 있었다. '저 남자가 왜 저러지?' 가지 않고 두리번거리는 그 남자의 행동에 난 기분이 몹시 나빴다. 그 남자는 쭈뼛쭈뼛하며 다시 나의 대문 안으로 들어왔다. "저어 아줌마, 저어 김치 좀 주실 수 없나요?"

네엣? 김치가 없는데요. 김치가 없다는 말을 들은 그 남자의 표정이 참으로 이상했다. 앞집의 대길이 엄마와 비교를 잠시 한 듯했다. 그 남자는 가지 않고 계속 나의 표정을 보면서 김치를 구걸하듯이 말했다. 김치를 조금만 달라고…

왜 그러시는데요? 그 남자는 말했다. "라면 좀 끓여 먹으려는데 김치가 없어서요."

우리 집에 김치 없다니까요.

"네에? 김치가 없다고요?" 그 남자는 김장을 하고 난 지 얼마 안 된 시기였기에 나를 위아래로 자꾸만 쳐다보았다.

"아줌마, 김치 한 포기만 주세요." 그 남자는 다시 한 번 애원하듯이 내게 말했다.

김치 없다니까요. 버스 타고 조금만, 아니 한 정거장만 가면 오류슈퍼가 있잖아요. 거기 가서 김치 사서 드시면 되잖아요. "그렇긴 하지만, 가기가 귀찮아서 말이에요. 아줌마, 김치 한 포기만 주세요." 우리 집에 김치 없다니까요. 나는 매정스럽게 말을 뱉고 말았다. '그런 부탁을 하려면 처음부터 할 것이지' 나는 그 남자가 자꾸만 싫어지고 있었다. 매몰찬 나의 대답에 그는 부끄럽기도 하고 무안한지 금방 어디론가 사라져 버렸다.

'내가 너무 매정했나?' 그까짓 김치 한 포기가 없어서 안 준 것은 아니다. 그는 남자고, 나는 여자이니 내가 조심을 할 수밖에… 더구나 지금은 저녁 시간이니 남편이 올지도 모르는데… 기분 나쁜 그 남자로 인해 남편에게 오해를 받고 싶지는 않았다. 사람들은 나의 외모 탓에 스스럼없이 나를 대하는 것 같았다. 그 남자도 내게 그런 감정을 가지고 왔을지도 모를 텐데… 마음은 후회 반, 잘했다는 마음 반이었다. 그러면서도 뒤숭숭한 감정을 추스르는데 꽤 오랜 시간이 걸렸다. 그 뒷 여운은 나를 오래도록 괴롭혔다. 초등학교 시절 교회에서 부르던 노래가 생각났다.

아, 재미있어라 선생님의 말씀~
어쩌면 아~ 어쩌면 그렇게도 잘하시나
고맙습니다
이야기 명심코 잊지 않았다가

이 다음에 우리도

좋은 사람 되겠어요. 고맙습니다~

이 노래 가사 말처럼 살려고 지금까진 무척이나 노력했었다. 하지만 노래 가사와는 달리 왜 살면 살수록 이리도 매몰차게 변해가는지… 나 스스로도 놀랐다.

그 사건이 일어난 지 꽤 오랜 시일이 흘러갔다. 꿈 이야기로 KBS 방송국의 여성 저널 프로에 방송 출연을 하게 되었다. 어느 날 밖에서 일을 보고서 저녁 늦게 집으로 돌아오는 길이었다. 동네 구멍가게 앞에서 그때 그 옆집 남자가 동네 총각들과 함께 맥주를 마시고 있었다. 그 두 사람은 나를 보자마자 또 불렀다.

"아줌마, 저랑 잠깐만 이야기를 좀 하고 가요."

저 지금 몹시 바쁜데요. "아주 잠깐이면 된다니까요. 아주 잠깐만이면 돼요, 아줌마."

계속 바쁘다는 핑계를 대는 나에게 자꾸만 치근대며 그 남자는 다가왔다. 아줌마가 정이나 시간이 없으시다면, 단 5분 만이라도, 그것도 아니면 단 1분 만이라도 저와 이 사람에게 아줌마와 이야기 나눌 시간을 좀 주세요.

네엣? 그 말이 간청인지 문책인지 나는 알 수가 없었다. 다만 내 마음속엔 딱 한 가지 담을 둔, 그 담조차도 내 집과 그 남자의 집은 어깨동무를 하고 있었다. 그까짓 김치 한 포기가 뭐 대수라고 이웃끼리 그럴 수가 있었느냐고 강한 문책을 받을 확률이 100퍼센트였다.

내가 존경하지도, 내가 좋아하지도 않는 인물로 인해 내 시간을 빼앗기고 싶지 않았다. 하지만 상대방이 그토록 간청하고 있으므로 그에게 물었다. 도대체 제게 하고 싶은 이야기가 뭔가요? 어서 말씀을 해보세요. 그가 말했다. "제가 아줌마에게 실례를 범한 것을 사과를 드리려고요." 네엣, 제게 무슨 사과를 할 일이 있으셨던가요? 뚱딴지같은 그 남자의 말에 일단은 안심이 되었다. '도대체 이 남자는 이 저녁에 또 어떤 일로 나를 물고 시간을 끌고 있으려나?' 그것만이 내 마음을 좌우하고 있었다. 그 남자가 말을 시작했다.

"아줌마, 첫 번째는 술에 취해서 아줌마한테 얘기를 걸었던 것이고, 둘째는 아줌마를 제 개인적으로 맛이 간 여자라고 생각한 것을 사과드립니다." '뭐, 뭣이라고… 허참, 내 살다 살다 보니 별소릴 다 듣네. 듣다 듣다 보니 이 남자가 왜 이럴까? 뭐 나를 맛이 간 여자라고 생각했다고?'라며 대들고만 싶었다. 하지만 그 김치 한 포기 안 주었던 죗값 때문에 참고 있었다. 난 속으로 그 남자에게 말을 하고 있었다. 그쪽도 죄송스럽게 생각할 필요는 없을 것 같네요. 왜냐하면 나도 당신을 맛이 가도 한참 더 간 남자로 생각했으니까요. 한편으로 그쪽이나 나나 쌤쌤이라 생각하고 있었다.

"우리 마누라도 미용사인데 말예요. 화장도 하고 외모에 신경을 많이 쓰는데 아줌마한테서는 그런 기운이 전혀 없었거든요. 아줌마, KBS 방송국의 TV에 출연하신 적 있죠? 인천으로 주소가 나왔던데… 그리고 아줌마, 말씀도 참 또랑또랑하게 잘하시던데요."

네, 맞아요. 주소는 제가 인천을 가는 중이라고 했더니 방송국에서 잘못 올린 것 같아요.

그냥 용돈이 귀해서 방송국에 마침 이야기 주제가 맞아서 우연히 나갔던 것을 하필이면 그 남자에게 들킬 줄이야. 그래서 확인 차 그 남자는 내가 눈에 띄자마자 나를 급히 부른 듯했다. 그 남자는 동네 총각들과 함께 나를 이리저리 살피며 이런저런 이야기를 했다.

저도 아저씨께 사과를 드려야 할 것 같아요. 그때 김치 사건 말이에요. 사실은 남편이 올 시간도 되어서 드리지 못했거든요. 괜한 일로 남편에게 오해를 받고 싶지 않았어요. 생각해 보세요. 댁은 남자고, 저는 여자이니 그런 상황이 생기지 않으리라는 보장이 없잖아요? 그렇죠? 그 옆집 남자와 동네 총각들은 나의 말에 수긍이 가는지 고개를 끄덕였다. 그것도 그럴 것 같다면서…

저를 맛이 간 여자로 생각했다고요, 그럴 수도 있겠죠. 그래요, 그 맛이 간 여자가 오늘 구로구 백일장에서 준장원을 해서 상금 10만 원을 거머쥐었다고요. "이것 안 되겠네요. 축하드립니다. 제가 맥주라도 한 병 시드릴게요." 그는 맥주를 사기 위해 가게로 들어갔다.

저는 맥주는 못 마셔요. 사주시려면 사이다나 한 병을 사서 주세요. 그 남자에게서 사이다 한 병을 받아서 마시는 기분은 참으로 묘했다. 나는 마침 그곳에 같이 있었던 딸과 아들에게도 그 사이다를 마시게 했다. 그 남자에게 사이다를 잘 마셨다는 인사를 한 후 바삐 집으로 돌아왔다.

집으로 오는 길에 '뭐? 내가 맛이 간 여자라고 생각했다고… 그래, 그럴 수도 있지…' 마음은 그렇게 너그럽게 생각하자고 생각하면서도 자꾸만 자꾸만 웃음이 터져 나오는 것을 멈출 수가 없었다. '히히힉~' 이상한 웃음소리로 웃는 나의 모습을 보고 딸아이도 '히히힉~' 웃었다. 그곳엔 나이 어린 딸과 아들도 있었다.

"엄마, 오늘 웃음 보따리 풀어 났나 봐요." 그래. 웃음 보따리를 풀어 났나 보다.

'딸아이는 엄마의 웃음의 의미를 얼마나 이해를 할까?' 생각을 해보았다. 그날 이후로 그 옆집 남자는 나를 보면 깍듯이 인사를 하곤 했다. "아줌마, 안녕하세요?"라고… 그의 뒷모습을 보며 인생이란 이런 것이구나 하는 생각이 들었다. 40년 정도 살고 나니 이런 일도 겪는구나.

최선을 다한 나의 삶 속에 세 번째 커다란 웃음을 만들어 준 사건이 바로 이 천왕동이란 마을에서 발생하게 되었다. 이사 올 때 개나리 잎사귀 위에 달팽이들이 이슬을 머금은 채로 기어 다녔던 특별한 신비로움을 간직한 채로… 먼 먼 훗날 이 옆집 남자 이야기는 나를 어디로 데리고 갔을까요? 어디로…

　이 이야긴 너무나 짧은 생을 살다 가신『머나먼 쏭바강』의 작가 박영한 소설가님께서 서울시민대학에서 수업을 무료로 했는데, 그때 제가 처음 쓴 습작으로, 박영한 선생님과 학생들 앞에서 발표했던 짧은 소설인 셈입니다(콩트인 셈이지요). 전 시청과 발산역을 섭렵하며 다녔지요. 발표했던 시민대학은 강서구의 발산역 근처의 '시민대학'이었고요.

　저의 나이 45세 안팎 때 썼지요. 선생님께 평을 듣고 싶어서 저의 실화를 약 3시간가량 드르륵 써서 발표했거든요. 선생님은 저 친구만 보면 저절로 웃음이 나온다고 하셨고요. 다른 학생들도 너무 우스워서 도저히 읽지 못하겠다고 하더라고요. 남자들은 그냥 이야기를 읽기만 하셔요. 절대로 절 사랑한다고 덤벼들면 안 돼요. 전 이 세상에서 너무나 할 일이 많은 사람이거든요. 하지만 이 약속은 하나 꼭 하지요. 이 옆집 남자 이야기를 후속편으로 글을 쓸 땐 그 이야기가 제게 어떤 귀한 선물을 주었는지를 표현은 해드리렵니다.

　'사람은 그 표현한 대로 자신의 삶을 이어가게 한답니다.'

영자가 시로 장원하던 날

영자가
시로 장원하던 날

꿈속이었다. 알 수도 없는 그 어떤 공간에 내가 서 있었다.

결코 정신이 멀쩡한 것 같지도 않은 그런 상태에 있었다. 꿈속의 그 공간에서 한줄기 햇볕의 빛줄기를 나는 빛이 들지 않는 지금 이곳에서 기다리고 있었던 것일까? 아니면 내게 희망을 줄 수 있는 사람을 기다리고 싶었던 것일까? 그냥 그대로 어정쩡한 상태로 있을 때였다.

45세가량 되어 보이는 여자들 4, 5명이 홀연히 내 앞에 나타났다. 커트 머리 친 여자들의 모습은 상큼하게 상고 커트를 친 상태의 머리는 아니었다. 방금 미장원에서 나온 듯한 머리가 아니고 자른 지 한 달은 족히 지난 듯한 그런 긴 커트 머리였다.

조금만 손질해주면 깨끗해질 것만 같은 그런 머리의 여자들. 낯설지도, 낯익지도 않은 그 사람들. 예쁘지도, 밉지도 않은 그들. 언제 어딘가에서 한, 두 번쯤은 마주

쳤을 그런 인연의 여자들 같았다.

그 여자들이 우두커니 서 있는 내 앞으로 와서 내 왼손 쪽으로 하얀 국화 송이 한 송이씩을 내 품에 안겨주고 떠났다. 분명히 그 꽃들은 내 것이 아니라 잠시 동안 내게 말도 없이 맡겼다가 곧 찾으러 오는 줄로만 생각했다. 그런 까닭에 그들이 다시 와서 그 꽃들을 찾아가기를 나는 한참이나 기다렸다.

'이런 무례한 사람들이 어디 있담.'

내게 잠시라도 맡아줄 수는 없느냐고 부탁 한 번 하지 않고 사라진 그 여자들. 그 여자들은 아무리 기다려도 오질 않았다. 나는 예전에 플로리스트 실기과정을 공부하던 때가 생각났다. 하얀 백합꽃을 사 와서 백합 꽃잎 하나하나를 따서 릴리 멜리아를 만들 때의 생각이. 릴리 멜리아란 백합꽃, 백합의 왕, 백합 잎을 겹쳐서 만든 백합 뭉치의 커다란 꽃.

아주 가느다란 철사에 꽃잎의 양옆에 구멍을 내서 한 잎, 한 잎씩 연결하여 만든 커다란 꽃인 셈이다. 그 꽃을 만들려면 일단 백합꽃의 노란 수술을 다 따놓아야 한다. 그렇지 않으면 그 노란 수술이 그토록 눈부신 하얀 백합 꽃잎들의 얼굴을 노란색으로 다 물들여 만들고자 하는 순백의 작품이 엉망진창이 되고 마는 현실이 눈앞에 보이게 되어 버린다.

나는 꿈속에서 그 광경을 생각해냈다.

고속터미널에 이른 새벽에 가서 꽃을 사 오면 값이 싼 꽃들.

그 꽃들 속에서 플로리스트 실기 시험을 보려고 사 왔던 그 꽃들.

그 속에 선생님께서 백합꽃은 노란 수술을 떼고 사 오라는 선생님의 말씀을 잊어서 그냥 가져왔던 날. 집으로 돌아오는 길에 여러 다른 꽃들을 함께 가져오느라고 그 꽃들을 테기를 여러 번 치고 오던 날이었다. 언니네 미용실에 돌아와 보니 그 꽃들은 백합꽃의 노란 수술 때문에 온 얼굴이 노랗게 이곳저곳 얼룩져 있었다.

'아뿔싸, 이런 일이. 그렇게 하지 않으려고 노력했었는데. 조금만 선생님의 말씀을 기억하고 더 주의력을 기울였더라면 이런 일들이 발생하진 않았을 텐데.'

후회해봤자 소용이 없는 일. 할 수 없이 또 다른 시간, 돈을 더 들여 남대문 시장에 다녀온 일이 생각났다. 혹시 백합꽃이 다 떨어졌다면 실기 시험을 치르지도 못할 텐데 하고 발을 동동 굴렸던 그때의 일이 꿈속에서도 재현될까 봐 염려가 되었다.

꿈속이었지만 내가 그토록 좋아했던 꽃은 아니었던 그 하얀 국화 송이. 그 꽃들은 죽은 사람에게 고인의 넋을 기리며 애도하는 꽃이 아니던가? 그런 상황들이 그리 나쁘지는 않다고 느끼던 나. 다만 그 꽃들은 내 것이 아니기에 그 꽃들을 맡겨 준 여자들에게 처음 받은 그 느낌대로 고이 상하지 않게 그냥 돌려주고만 싶어졌다. 나는 아까 그 여자들이 맡기고 간 꽃이 망가지진 않았을까? 그것이 염려되어서 그냥 바라봤을 뿐이었다. 꽃들은 그대로 있었다.

어느새 꽃다발이 되어 내 품에 안겨있는 국화꽃들. 그 가운데엔 내가 제일 좋아하는 초록색이 촘촘히 박혀있었다. 꽃다발의 가장자리엔 불그스름한 꽃이 얼핏 보였다. 내가 생각하였을 때 자주색 국화가 아니었나 하는 생각이 들었던 꽃이었다.

"음. 피곤하다." 부스스 잠에서 깨어난 나는 지금이 몇 시지? 언니야. 지금 몇 시야?

언니는 "얘, 7시 반이다."라고 했다.

언니 내가 이상한 꿈을 꿨어. 꿈속에서 그럴싸한 꽃다발을 받았어.

"음. 아마 하나님께서 어떤 기쁨을 오늘 너에게 주시려나 보다, 얘."

내 물음에 언니가 들려준 대답이었다. 난 언니의 그말이 도무지 이해가 되지 않았다. 나의 온몸과 마음이 만신창이인데. 그 어떤 기쁜 일이 내게 찾아온단 말이야?

과연 그런 일이 생겨날 수나 있는 걸까? 아무런 기대도 생각도 없이 언니가 정성스레 차려준 밥을 먹고 나서 백일장이 개최되는 마포구 합정동 근처에 있는 양화진을 향해 길을 나섰다.

괴사성 근막염이란 병은 내 몸을 나 자신도 모르게 조금씩 잠식해갔다. 죽을 확률이 60에서 70%였었다. 그러니까 살 확률은 30~40프로… 그 엄청난 확률을 뚫고 나는 살아났다. 하나님의 은혜를 받고, 이대목동병원 의료진들의 정성과 세밀한 보살핌을 받고 말이다.

나의 딸 호랑낭자는 하나님을 진실하게 믿지는 않았

지만, 엄마인 나를 위해 간절한 기도를 드렸다고 했다. 이대목동병원에서 대수술을 끝내고 나서 회복실에 있을 때였나 보다.

그때의 나는 창세기 1장 2절 말씀처럼 어떤 큰 어둠 속에 내던져진 것만 같았다. 도저히 나의 힘으론 그 어둠을 몰아낼 수 없을 것만 같은 마음이었다. 나의 몸과 마음이 온통 혼돈으로 흘러가고 다만 하나님의 어떤 크나큰 돌보심을 기다릴 수밖에 없는 그런 상태였던 그 긴 시간들. 그 시간들만이 나와 호흡을 같이 했던 것 같은 그 순간들. 태초에 하나님이 천지를 창조하실 때에 수면 위로 운행하실 때, 나의 몸은 수면 밑에서 미역이나 다시마처럼 흐물거리고 있었다. 그저 물살이 세게 치면 세게 흔들리고 약하게 치면 약하게 흔들리며 미풍이 불면 그에 답을 하듯이 추고 싶지 않은 춤을 추고 있었던 것이다.

그때 어렴풋이 내 귀에 들리는 소리가 있었다.
"지극한 효심은 심 봉사도 눈을 뜨게 한다."
물살에 흘러가는 나의 몸과 파도에 흘러가는 나의 마음이 그곳을 향해 움직이려고 애를 썼다. 아니 그 희망의 소리에 잠시라도 귀를 기울이고 싶었다. 설령 그 희망이 내 것이 되지 않는다 하여도, 스쳐 지나간다 하여도, 잠시 동안만 얄팍한 그 희망에 내 몸을 온기로 채우고 싶었을지도 모른다. 무의식 속에도 희망의 빛줄기를 잡으려는 인간의 욕망이 내 안에 있었던 걸까? 그 소리가 처음엔 희미하게 들렸었다. 그리고 동시에 무겁게 짓누르고 있던 눈꺼풀이 위로 향하면서 마치 셔터를 올리듯이 열려지고 있는 것이 아닌가?

난 그 목소리의 출처가 궁금해졌다. 지극한 효심을 불러일으키는 자는 과연 누구란 말인가? 그리고 심 봉사는 누구란 말인가? 그 심 봉사는 나라는 생각이 살며시 스쳐 지나갔다. 나는 그렇게 어렵사리 눈을 떴다. 내 곁엔 나의 아들, 딸이 힘없는 엄마지만 살아난 엄마에 대한 안도감을 조용히 드러냈다. 그렇게 나는 다시 태어난 것이다.

앞으로 다시 걸을 수 있을지는 교수님도, 의사 선생님들도 장담하긴 어려웠던 것 같았다. 수술을 해주신 김종오 교수님은 수술 후의 나의 몸 상태를 자세히 설명해 주시진 않으셨다. 내 딸보다 2살 연상인 김태훈 의사 선생님께선 OR드레싱이나 다른 여러 가지 소독을 틈만 나면 해주셨다. 하루에 2, 3번씩 나의 몸 상태를 점검해주며 "아줌마, 아줌마를 처음에 환자로 받았을 때 몹시 낙담했다"고 했다. 자신의 할머니도 나와 같은 병이 걸렸는데 수술하시다가 그만 돌아가셨기 때문이란 말을 수술 후 몇 주가 지나서 내게 들려준 것이다. 아줌마가 혹시 살아난대도 인간 구실을 제대로 할 수 있을지 없을지도 모르겠다고….

이대목동병원에서 약 50일가량 중환자실과 수술실을 거쳐 일반실에 입원해 있었다. 회복이 된다 해도 누군가가 돌봐주어야만 했다. 그것 때문에 요양병원에서 다시 6개월가량을 입원했다. 요양원을 퇴원한 지 약 3개월이나 지났지만, 과거 아프기 전의 그 몸 상태로 돌아가기는 역부족이었다. 틈만 나면 허리가 무너질 듯 통증이 심했다. 다리는 철근 기둥을 달아 놓은 듯했고, 깊은 산속에서 가장 결이 안 좋은 통나무 토막을 잘라서 물에 팅팅 불려서 나의 다리에 이식시킨 것만 같은 그 느낌. 이대로 살아야만 하나? 죽어야만 하나? 죽을 수도 살 수도 없는 그 느낌. 그 느낌은 약간의 어떤 희망, 삶의 희망은 있었지만 이승을 떠돌아다니는 방랑객… 어떤 외국의 시인의 시처럼 또 다른 방랑객이라 할 수 있었다.

몸이 아프기 전, 나는 세상살이를 단 한 번도 지루하다고 느끼며 살진 않았다. 그 어떤 험악한, 바쁜 상황이 생겼어도 말이다. 하지만 이젠 경제적 능력도 잃었고, 몸은 마음대로 움직일 수 없으니 그 어떤 희망도 없이 삶이 다 할 때까지 그 지루한 삶을 적응하고 싶지 않아도 적응해가며 살아야 할 것만 같았다. 그때마다 나는 김태훈 의사 선생님의 말씀을 떠올렸다. '지금 이 상황이 인간 노릇 제대로 할 수 있을 것인가? 없을 것인가? 바로 그 상황일 것이라고…'

요양병원에서 퇴원한 지 2개월 반이나 되었건만… 그런 몸으로 서대문에서 양화진 가는 거리는 너무도 머나먼 길 같아 보여졌다. 건강할 때도 거리는 가깝지만 다녀오기는 그리 만만한 거라는 아니었으니 말이다. 난 1년에 꼭 한 번씩은 그곳에 다녀왔다. 거기에서 해마다 하는 마포신문사 백일장에 참석해서 글을 쓰고 왔기 때문이었다.

일단 다른 날보다 조금 이른 시간에 서대문 언니네 미용실의 앞 건널목에서 그곳을 가려고 길을 나섰다. 일단 2번 마을버스를 타야 할 것 같아서 너무나 두려웠지만 계단을 살살 올라가서 버스의 봉을 잡고 겨우겨우 발걸음을 옮겼다. 몸의 균형을 잘 잡기가 힘들었다. 일단 앉을 자리가 있다는 것이 다행이었다. 세 정거장쯤 가서 지하철 2호선이 있는 곳에 내렸다. 그렇다 하더라도 그곳엔 5호선이 가까이 있어서 5호선을 탄 후에 다시 내려서 2호선 쪽으로 가려면 에스컬레이터를 타고 가서 내려간다 하여도 반 정거장 정도는 한참을 걸어야만 했다.

아아, 이 거리… 이 걸음. 홍길동처럼 축지법을 써서 날아 갈 수만 있다면, 그렇게 하고 싶은데 현실적으로 도저히 불가능한 일… 다리가 무거우면 쉬고, 허리 통증이 오면 금세, 금세 쉬어야만 하니 언제 그곳에 닿을지는 장담할 수도 없었다.

지하철을 탈 때도 엘리베이터나 에스컬레이터가 없는 곳이면 실망의 연속이었다. 계단을 오르내리는 것도 너무나 힘들고 무섭기만 했다. 겨우 겨우 2호선 전철역에 도달할 수가 있었고, 전철을 탈 수 있었다.

바닥과 지하철 사이의 꽤 넓은 홈을 2~4살 된 아이마냥 오르는 것도 두려웠다. 합정역에서 내리니 또 계단이 내 앞에 산처럼 내가 가는 길을 방해하는 듯이 보였다. '그래. 한번 올라 가보자.' 어린아이가 겨우 걸음마를 배우듯이 뒤뚱 뒤뚱거리는 그런 걸음으로 그 계단을 어렵사리 올라오긴 했다. '돈이 넉넉했더라면, 처음부터 택시를 타고 왔더라면, 이 고생은 안 했을 텐데…' 하는 마음도 들었다. 시간이 점점 빨리 가는 것이 초조해졌다. 나의 걸음이, 모든 동작이 전처럼 빠르지 않았기에….

이제 건강한 사람의 걸음걸이로 15분이나 20분쯤 걸어야 그 장소를 갈 수 있는 거리이다. 택시가 왔으면 하고 내심 기대도 해 보았다. 그렇다면 택시비 4~5천 원이 들더라도 시간이 쫓길 염려는 없었다. 약 10분쯤 그 장소에서 기다려 보았건만, 그 쪽 방향으로 가는 택시는 전혀 나타나지 않았다. '어쩌지… 이토록 힘들게 여기까지 왔는데… 다시 돌아간대도 그 길이 만만치 않을 것 같은데…' 할 수 없이 또 한 번의 엄청난 모험을 해야만 했던 그때의 내 마음은 왜 나는 백일장을 포기하지 못하는가? 나 자신에게 한탄도 해 보았지만 뾰족한 답안은 나오지 않았다.

혹시 어떤 일이 발생할지 몰라서 약간의 여윳돈은 지갑 안에 보통 때보다 더 챙겨왔다. 철근 기둥을 달고 있는 것만 같은 무거운 두 다리, 통나무인데 가장 나뭇결이 안 좋은 나무를 물에 팅팅 불려서 내 왼쪽 다리에 매달고 양화진을 가는 그 걸음걸음. 예수님께선 십자가상에서 온 세상 죄인의 죄를 사하시려고 돌아가셨다지만⋯ 난 그것도 아니고 언제 어떻게 병균이 나의 몸에 침입해서 이 모양 이 꼴이 되어서 걸어야만 하게 된 건지?

그곳을 가다가도 화가 나서 마음속에서 이글이글 불이 타는 것 같았다. 그러면서도 불안하기만 했었다. 혼자 길에서 걷다가 아무도 모르게 객사를 할 것만 같은 두려움이 발걸음을 옮길 때마다 느껴졌다. 몇 번이고 몇 번이고 택시를 잡아서 백일장이 개최되는 곳의 반대 방향인 집으로 돌아오고 싶어졌다. 그러나 왠지 모르게 그곳을 향해가는 나의 몸, 마음을 나 자신조차 이해할 수 없었다. 어렴풋이 느껴지는 것은 그곳도 내 인생에 어떤 활력소가 느껴졌던 곳이어서 찾아가는 것 같았다. 가리봉동 정성요양병원에 입원해 있을 때 보호자가 오지 않으면, 낮이나 밤이나 병실, 복도, 화장실, 옆 병실, 노래방 교실밖에 그 어디도 갈 수가 없었던 기억들… 가뜩이나 내가 있던 그 병실은 햇빛을 다른 병실보다 덜 받는 음지였었다.

요양병원에서 느껴보지 못했던 모든 것을 공짜로 예전처럼 맘껏 맛보고 싶어 찾아가고 있는지도 모른다. '그래, 그곳에 가서 몸이 허락하면, 표현해 보고, 그렇지 않으면 그냥 돌아오지 뭐…' 이런저런 생각을 하며 거북이 중에 가장 걸음이 느린 거북이가 되어 그곳에 힘겹게 도착했다. 전에 그 장소를 올 땐 신문 아르바이트나 방송국 출연 등 여러 가지 일로 항상 늦게 도착했었다. 하지만 오늘은 그런 일을 할 수 없는 몸이었기에 누구보다 빨리 도착하게 되었지만, 그 순간 어떤 마음인지 모를 설렘 반, 두려움 반, 민망한 마음까지 들었다.

마포구의 여 기자들이 음료를 주는 곳에 가서 커피 한 잔을 얻어 마셨다. 약간의 안정감이 파고들었다. 주최 측에 가서 일단 접수를 하고 원고지와 행운권 추첨권을 받았다.

주최 측에 원고지 한 부를 더 달라고 요청을 했지만 이미 원고지는 바닥나서 없다고 하였다. 백일장 식순에 따라 내, 외부 인사들 소개, 심사위원분들 소개, 합창 단원의 합창이 순서대로 이어졌다. 예전에는 그곳에 가면, 마냥 즐겁기만 했었는데 몸 상태가 그러하니 그냥 우두커니 그 광경들을 바라볼 뿐이었다.

드디어 백일장 제목이 주어졌다. 수필과 시 부문 중에 수필의 제목은 '가을여행'이었다. 너무나도 쓰고 싶었던 보석 같은 제목이 이제야 나타나다니… 야속한 생각이 들었다. '왜 하필이면 내 몸이 만신창이일 때 이 제목이 나온 담…' 오곡백과는 시로 표현해도 되고, 수필로 표현해도 되는 제목… 오곡백과는 일단 너무 광범위하여 내 맘속 저쪽으로 넘겼다. 그렇다면 시로서 표현할 나머지 제목은 「대추」밖에 없었다. 가장 쓰고 싶은 제목인 수필로 글을 쓰자니 언제 무너질지 모르는 허리의 통증과 무거운 다리로 글을 쓰는 동안 견뎌낼 수 있을까 싶었다.

한 줄을 쓰다가 말지 두 줄을 쓰다 말지 알 수 없는 상황이었다. 그렇다면 백일장에선 웬만하면 피해갔던 시를 써야만 할까? 이러지도 저러지도 못하는 나의 마음속 갈등들… 그동안 여러 백일장에 나가서 수필로는 참 많이도 상을 받았다. 그리고 수필은 자신이 있었다. 시간이 넉넉할 때면 언제나 수필로 승부를 걸었고 백일장에 갔을 때 시간이 10분이나 5분 남겨두고 갔을 때만 아예 모든 것을 포기하고 시를 쓴 적들이 몇 번 있었다.

나의 몸 상태, 마음의 상태는 시골집, 그곳도 흙집이 세찬 바람에 무너져 버릴 것 같은 위태로움에 너무도 많이 노출되어 있는 그런 모습이었다. 쓸쓸했다. 모든 것이 부질없어 보였다. '그동안 마포신문사 백일장에서 수필로 여러 번 상도 받았는데 뭐…' 빨간 전자레인지라던가 (지극히 평범한) 화장품세트 등… 오래전 성미산에서 하던 때는 백일장에서 장기자랑까지 해서 라면 한 박스까지 받았는데 뭘… 내가 무슨 욕심을 더 부린담…

그 어떤 상품도 상도 바라지 말자고 마음을 비웠다. 지금 현재 이런 몸을 가지고서… 긴 글을 쓰긴 어려울 것 같고, 시는 짧으니 수필보다는 조금 더 나아 보였다. 수필은 최소한 원고지 12매~15매는 써야 되지만 시는 그래도 수필보다 짧을 테니 한 줄을 쓰다 그만두던, 두 줄을 쓰다 그만두던 그편이 차라리 마음이라도 편할 듯했다. 수필은 쓰다 말면 사과를 한입 베어 물은 곳에 갈변이 생겨서 사람들이 볼 때에 인상을 찌푸릴 것만 같았다. 시는 설령 쓰다가 말아도, 시는 그래도 짧으니까 하고 사람들이 보고서 눈을 감아 줄 것만 같았다. 심사위원들에겐 그조차도 무례한 일이겠지만, 정말이지 별 도리가 없었다.

　시 제목 대추를 바라보니 기가 막혔다. '어쩌지, 저런 제목으로 어떻게 글을 쓴담… 그것도 시로…' 딱히 글감도 생각나질 않았던 그때 그 순간… 글을 쓰는 것보다 더 중요한 것은 글을 쓸 자리를 찾아내는 것이었다. 아까 백일장이 시작되기 전 주최 측 앞에 둥글고 커다란 돌멩이 쪽으로 가서 앉아보니 편하긴 참 편한데 햇살이 너무 눈부셨고 뜨거웠다. 다른 장소를 찾아야만 했는데 주최 측의 백일장 홍보용 현수막이 있는 곳 밑에 작은 돌멩이 하나를 찾아냈다. 현수막을 끼고 글을 쓰려니 영 불편했다. 다행히 햇살의 따가움은 피할 수 있었다.

　별 도리가 없었다. 그것도 이곳저곳 찾다 보니 약 30분가량이 걸렸다. 딱히 글감이 있었던 것도 아닌 나, 시를 써서 단 한 번도 상을 받아 본 적이 있었던 것도 아닌 나, 일단 모든 욕심을 다 비웠다. 아니 그 어떤 욕심도 낼 수 없는 나의 몸과 마음은 바람 한 점 불지 않는 뜨거운 태양 볕에도 파르르, 파르르 떨고 있었다. 그래도 뭔가 적어야만 했다.

그동안 병원 생활을 한 지 9개월… 독한 약을 먹거나 주사를 맞아온 탓에 기억력도 없어지고 머리는 멍멍한 상태였다. 숱한 환자들의 신음 속에 나는 몸의 아픔도 함께 콩고물, 팥고물 묻히듯이 그렇게 살아와야만 했던 지난 약 1년간의 세월들…

일단 주최 측에서 준 순서지의 전년도 대상 작품의 시를 두 번 읽어보았다. 그것을 모범 답시로 흉내라도 내고 싶었는지도 모른다. 작년에 그분으로부터 그 시를 들은 적은 있었지만, 시가 길었다는 생각은 하지 못했다. 시가 산문시처럼 길었다. 짧게 쓰라면, 시를 쓸 수 없겠지만 이 정도의 길이로 쓰라면 쓸 수 있을 듯했다. 허리 통증과 다리의 그 육중함이 엄습해오지 않고, 글을 쓸 동안만이라도 버텨주기만 한다면…

심사에서 주제에서 절대 벗어나면 안 된다는 말이 떠올랐다. 시를 잘 쓰던, 못 쓰던 주제에서 절대 벗어나지 않으려고 다짐해보았다. 22살 때 썼던 소녀의 반생기라는 자서전을 썼던 기억도 살려냈다. 그 후에 바로 써보려고 노력했지만 삶의 우여곡절 속에 쓰지 못한 그 소녀의 후 반생기 자서전… 대추란 시 속에 나도 모르게 오롯이 담고 싶어졌다. 오래전에 문예진흥원에서 금요일의 문학 이야기 팀에서 강원도 원주에 있는 토지문학관을 다녀온 일이 있었다. 제1회 토지문학관 가는 버스 백일장… 그때 여름이란 수필 속에 미루나무와 대추나무를 살짝 표현해 본 것이 있긴 했다.

그것도 나무의 잎새들을 비교해 본 게 전부였다. 미루나무 잎 새는 부챗살을 닮았고 미루나무 잎이 식용유를 바른 것처럼 매끈거렸다면, 대추나무 잎은 여름의 미루나무 잎에 질세라 참기름을 바른듯했다는 표현이었다. 대추나무 잎사귀 하나만 붙들고 시를 써내려갔다. 대추나무 잎을 내 젊은 날들에 표현하려니 참기름을 바른 듯한 대추나무 잎이라고 하기엔 어딘가 어색하고 웃음이 나왔다. 그때 생각난 것은 오래전 TV 프로그램에서 가수 이미자 씨가 데뷔할 때 노랫가락이 찰졌다는 이야기가 떠올랐다. 그렇다고 찰진 내 젊은 날들이 스쳐 지나간다고 표현하고 싶진 않았다. 그것도 약간 마음에 들지 않

앗던 나는 다른 시어를 내 머릿속 기억에서 떠올려야만
했다. 그래서 떠오른 시어로 '윤기 자르르'가 얼핏 생각이
났다. '그래, 그 시어가 괜찮을 것 같네.'

대추나무를 바라보고 있노라면
윤기 자르르 흐르는
내 젊은 날들이 스쳐 지나간다

그리고 오래전에 동서 커피 문학상에서 대상을 받았
던 분의 「커피의 내력」이란 시를 떠올려보며 그 사람이
시를 쓸 때 커피에 관한 책을 도서관에서 한, 두 달 이상
씩 독파를 하고 시를 썼던 것. 그분의 시에 커피의 성분
에 관해서 쓴 것도 살짝 기억이 내 머릿속에서 스물스물
거렸다. 그럼 커피나무와 대추나무는 무엇이 다른가?

일단 대추나무의 열매가 달콤했던 것이 기억이 났다.
유난히 씹을 때 아사삭 거렸던 느낌까지. 내 인생에다 그
달콤함을 비교해보고 싶었다. 다시 떠오른 것은 요양병
원의 생활들 그리고 윤동주 시인의 별 헤는 밤의 계절이
란 단어… 김소월 시인이 계절을 바꿔 쓴 시 산유화의 갈

봄 여름 없이⋯ 그렇다면 햇볕보다 계절과 바람을 앞에 쓸까? 그것을 쓸 때 꼭 엿듣다 라는 말을 시 속에 집어넣고 싶었다. 영어로 말하면 overhear(오버 히어), 내가 이 단어를 발음을 멋지게 하면, 사람들이 영어 잘하는 사람으로 보았던 시절이 있었던 이유에서였는지도 모른다. 아니면 영어 문법의 분사 구문 중 부사절의 변형인 이것도 하면서 저것을 하는 그런 동시동작 표현들은 내가 항상 좋아하는 행동들이었던 것이다.

일단 내가 가져간 공책에 그 느낌들을 연습 삼아 적어 나가기 시작했다. 대추나무의 열매가 초록색과 붉은색이 있는 것을 따로 표현하기로 마음을 먹었다. 원래 초록색을 너무도 좋아했던 나는 초록색을 언제까지나 초록의 열매 내 것으로 내 이웃의 것으로 삼고 싶었다.

계절 따라 부는 바람, 햇볕 또는 빗방울 소리의 이야길 엿들으면서 달콤하고 내 인생을 열매 맺게 하고 싶었다. 여기까지 표현하고 나니 그동안 내가 꿈꿔왔던 갈망들이 추억처럼, 대추의 열매들처럼 눈에 보이는 듯했다. 나는 어렸을 때부터 작가가 꿈이었지만, 어쩌다가 조화꽃인 한지 장미꽃, 비닐 노끈 장미꽃 등 재활용품으로 여러 종류의 꽃과 장식품을 만들다 보니 나뭇가지들을 내 몸, 내 마음에 장식처럼 돋아난 내 삶의 또 다른 표현들로 구성해 볼 수 있었다. 추억으로 달리게 된 갈망들의 열매들…

결혼 전에 아르바이트 일감으로 가지고 온 자개 모자이크 일감은 햇살무늬였다. 가느다란 자개로 거의 하루 종일 붙여야 단돈 천 원… 중, 고등학교를 제대로 코스 밟아서 공부하지 못한 나에겐 너무도 황홀한 미술 수업이었다. 그 눈부신 추억을 시 속에 담고 싶었다.

달콤한 행복들은
붉은 색으로 햇살처럼 빛났다.

그러나 그 눈 부신 햇살 같았던 삶도 잠시 내 몸은 이것저것 많은 일을 하다 보니 혹사를 당해 죽을 뻔한 상황이 왔고, 참 이상한 것은 그 글을 쓸 때 오래전에 '벼락 맞은 대추나무'로 도장을 파면 아주 좋다고 친한 친구가 말했던 그 말까지 머릿속에서 맴돌았다. 내 몸을 벼락 맞은 대추나무로는 표현하기 싫었다. 다만 주제에 충실하려고 하나님께 내 자신의 삶을 거짓 없이 표현하고 싶어서 그냥 벼락 맞은 대추나무에 내 몸을 표현해 본 것이다. 그리고 한 번도 시를 써서 상을 받아보지 않았기에 설마 당선되겠어? 심사위원 분들께서 읽고서 그냥 휘익 어딘가에 던지시겠지… 괴사성 근막염이란 병에 걸려서 죽을 뻔한 나의 몸을 시 속에 이렇게 표현했다.

그 행복도 잠시
대추나무에 떨어진 벼락

병들어 버린 대추나무…
그래도 이름값을 하고파
나는 또 다른 삶으로 나를 만들고파
아픈 몸이지만 소망, 달콤함
꿈들을 향해
날마다 날마다
빨갛게 빨갛게 익어가고 있다.

시를 그럭저럭 완성해 갈 쯤 꿈속의 광경을 표현 안 한 것이 아쉬움으로 남았다. 그래서 나는 오늘 아침 그 꿈속의 장면들을 소설 속의 소설 같은 액자 소설처럼 시 속의 시로 다시 써보았다. 그리고 그 시를 써서 어디다 자리를 잡을까 생각하다가 둘째 연에 그 시를 써서 의자에 잘 앉히듯이 자리를 잡아주었다.

그린 소국을 닮은 꿈들이
내 품에 꽃다발처럼 안겨
침묵 속에 조금씩 조금씩
영글어만 가고 있다.

처음 시작은 대추나무 잎으로 시작했지만 나중에 쓰고 나니 대추나무의 일생과 나의 일생을 함께 비교한 것 같은 짧은 자서전이 되고 만 셈이 되었다.

22살 때 쓴 소녀의 반생기 이후의 또 다른 소녀의 후반생기… 내 인생 약 40년의 삶을 대추란 시에 오롯이 담았다. 처음 쓸 때와 달리 몸은 몹시 안 좋은데 머릿속은 온갖 어휘와 낱말과 문장들이 나비처럼 훨훨 날아다닌 그런 느낌들… 또 다른 표현을 하자면 여름날 물이 배꼽처럼 차는 시냇가에 나의 온몸을 담그고 있었던 것 같다. 그 냇물에 한글의 온갖 자모가 두둥실 배처럼 떠다니고, 어휘 문장들이 장난감처럼 떠다니듯 했다. 난 그것들을 장난감 삼아 실컷 가지고 놀았던 것 같다.

하나님을 믿는 내가 이런 표현하긴 그렇지만 어쩌면 시의 신이 있다면, 그날 시의 신이 내게 내렸던 것은 아닌지 모르겠다. 언어들과 남녀 간의 성관계를 할 때 극치의 감정으로 느끼게 한 것 같은 그날의 느낌… 글을 쓴 지 한 시간쯤 되니 도저히 허리의 통증 탓에 다리의 근육이 뻣뻣해져서 견딜 수가 없었다. 일단 일어나서 몸을 추슬러야 했다. 양화진 공원 밑에 있는 백주년 기념관교회의 화장실을 일단 다녀왔고, 아까의 그 자리보다 좀 편안한 자리가 없을까 해서 백주년 기념관의 계단을 올라갔다. 그리고 백주년 기념관 벽의 평평한 곳에 대고 매미처럼 담벼락에 몸을 기댄 채로 공책에 쓴 시를 원고지에 옮겨 적기 시작했다.

주름진 대추는 그때까지 표현하지 않았었는데, 그 전까지의 내용을 읽어보니 다른 때와는 달리 왠지 시가 그럴싸해 보였다. 나의 시가 예전과는 확실히 달라 보였다.

내 시를 내가 읽는데도 어떤 밝은 빛이 내 눈에 어른거리는 것만 같았다.

오늘 아침에 꿈에서 본 그 그럴싸한 꽃다발처럼… 거기까지가 하나님께서 내게 주신 명시였는데… 난 좀 더 주제에 충실하려고 주름진 대추를 표현하고 싶어졌다. 왜 그랬는지는 모르지만… 지금은 그 내용이 잘 기억나지 않지만 아마 쪼글쪼글 주름진 대추를 서글픈 마음으로 바라본 그 느낌을 적었을지도 모르겠다. 왠지 조금 아까의 그 느낌은 아니었다.

백일장에서 제시간에 시를 원고지에 어찌 써야 하는지도 잘 생각 안한 나는 일단 시가 잘 보이게 큼직큼직하게 원고지의 중앙 공간에 글자들을 채워나갔다.

주름진 대추를 표현하고 나니 뭔가 예쁜 그림에 살짝 덧칠을 잘못한 느낌이 들었고 뭔가 약간 어색한 느낌이 들었다. 고치자니 주최 측에 원고지는 이미 떨어진 것을 보고 왔고, 아픈 몸을 더 이상 이리저리 끌고 다닐 엄두도 나지 않았다. '만약에 내가 상을 타게 된다면, 내가 탈 상의 그 밑에 상을 타지 뭐… 시의 이력서 하나 챙기면 챙기고, 말면 말지 뭐…' 어떤 상도 상품도 바라지 않고 쓴 나의 시… 결국 고치지 않은 채로 제출했다. 내가 쓴 시라도 설령 잘못되었더라도 고치고 싶지 않았던 것은 나 자신도 알 수 없는 그날의 일…

대추

유영자

대추나무를 바라보노라면
윤기 자르르 흐르는
내 젊은 날들이
스쳐 지나간다.

그린 소국을 닮은 꿈들이
내 품에 안겨
침묵 속에 조금씩 조금씩
영글어만 가고 있다.

언제까지나 언제까지나
초록의 열매
내 것으로 내 이웃의 것으로
삼고 싶었다.

계절 따라 부는 바람, 햇볕
또는 빗방울 소리의
이야길 엿들으면서
달콤하게 달콤하게
내 인생을
열매 맺게 하고팠다.

그 갈망들은 열매 되어
장식처럼 내 몸에, 내 마음에
추억처럼 달리게 되어
달콤한 행복들은
붉은색으로 햇살처럼 빛났다.

그 행복도 잠시
갑자기 대추나무에

떨어진 벼락.

병들어 버린 대추나무...
그래도 이름값을 하고파
나는 또 다른 삶으로
나를 만들고파
아픈 몸이지만 소망, 달콤함
그 꿈들을 향해 날마다 날마다
빨갛게 빨갛게 익어가고 있다.

비록 죽어가는 나의 몸과 마음이었지만 사는 동안 이름값은 더 하고 싶었다. 다른 사람들에게 나의 딸(호랑낭자)과 나의 아들(무지개 도령)에게 엄마의 병약한 모습은 더 더욱 보이고 싶지 않았기에 이런 표현들을 한 것이 지금도 신기하기만 하다. 마치 구슬을 꿰듯이 꿴 언어들⋯ 그것은 마치 겹 진달래꽃이나 겹벚꽃 같은 모양새로 느끼게 해주고 빠른 속도감으로 삶을 긍정적으로 살아가는 표현같이 되고 말았으니까. 나 자신이 어떤 시에서도 읽어보지 못한 표현, 그동안 숱한 글을 쓰면서도 그런 표현은 아직 해보지 못했던 것이니까 말이다.

시간 안에 원고지에 고쳐 쓴 시간 30분. 그 시를 쓴 시간 2시간. 아까 그 시를 처음 쓸 때 그 장소라서 원고지를 제출한 후에 휴식을 취하러 갔다. 다른 장소의 돌멩이에 앉아 있으니 일단 통증은 멈추었다. 심사위원들이 심사할 동안 행운권 추첨을 하거나 부대행사를 하는 동안 한 통의 전화가 걸려왔다. 내용은 이러했다. "집에 안 가고 계실 거죠?" 나는 답해드렸다. 네, 안 가고 기다릴 거예요. 약 1시간이 지나서 또 한 통의 전화가 내게 걸려왔다. "아직 그곳에 계신가요? 축하드립니다. 조금 후에 뵙겠습니다."라고 말하는 남자분의 음성.

암만 생각해봐도 전과는 다른 느낌이 일었다. 전엔 한 번만 전화가 왔는데 혹시 큰상을 받게 될 것만 같은 두려움이 밀려왔다. 만약 대상이라면 커다란 김치냉장고나 세탁기를 받아야만 하는데… 작년의 대상자의 얼굴이, 모습이 내 눈에 비쳐 오는 듯했다. 그 아가씬 노처녀였는데 먼저 집에 있을 때 세탁기가 고장 나서 새로 샀는데 백일장에서 세탁기를 또 타게 되니 기쁘지만, 어떻게 해야 할지 몰라 쩔쩔매고 있었다. 왜 그러냐고 물으니 새로 이사한 집도 집이 좁아서 세탁기를 복도에다 놔두어야만 한다고 걱정했다. 그럼 팔면 되지 않느냐고 내가 되물으니 자기도 그랬으면 좋겠다고 했고, 용달차를 30분 동안 기다리는 동안 그 아가씨도 나도 그곳에 있는 사람들이나 다른 곳에 있는 사람들에게 전화를 걸거나 설명을 해드렸고, 팔려고 노력했지만 결국 팔지 못한 채로 그 아가씨 집으로 가져갔던 일들이 생각났다.

장원은 큰 TV이고, 우수상은 전자레인지를 받으니 예전엔 그 상품을 바랐지만, 지금은 그 상품들에 탐은 나지만, 책 한 권도 들 수 없는 나로선 덜컥 겁이 났다. '하나님, 저요. 대상도 되지 말게 해주시구요, 장원도, 우수상도 되지 말게 해주세요. 만약 주신다면 장려상이나 입선을 주세요, 그러면 상품의 크기가 작으니 집에 돌아가기 쉬울 테니까요.' 난 마음속으로 참 별스런 기도를 하고 있었다. 남들은 그 상에 해당이 안 돼서 못 타가는 그 상, 그 상품…

심사위원들의 심사가 끝나자 심사위원장의 심사평이 있었는데 약 천여 명이 넘는 백일장 참가자들의 시와 수필이 평을 받게 되었는데 시가 다른 해에 비해 수필보다 수작이 나왔다며 아마 좋은 날씨 탓인가 보다는 말씀을 들려주었다. 뒤이어 상을 주는데 밑의 상을 받길 바랐는데 상이 주어지지 않아서 올 것이 왔다는 걱정이 자꾸만 마음속을 파고 들어왔다. 그 상이 장원에서 드디어 멈추며 나의 이름을 호명했을 때, 나는 상을 받는 기쁨보다 상품이 커다란 TV일 것만 같은 걱정에 상품부터 바라보았다.

참으로 이상한 것은 올해엔 처음으로 TV가 장원상품이 아니었다. 다만 중형 박스 같은 것에 무언가 담겨있었다. 상장과 상품을 받으려고 단상에 올라가는데도 꽤 그날은 힘들었다. 시상식 때 심사위원장이 밑에 두 줄을 올리셨다는 말씀을 올려주었고 언제 전화 한 번 해달라시며 명함 한 장을 주고 가셨다. 집으로 돌아올 때의 일이 더 큰 숙제를 내게 안겨주었다.

다행히 대상된 분의 친척분 차를 함께 타고 인근 정류장에서 내렸다. 택시를 잡으려 하다가 택시를 만나지 못해 기다리고 있을 때 승용차가 서더니 마포구의 낯익은 기자들이 반갑게 맞이하고 나서 차의 문도 열어주고 지하철역까지 태워다 주었다. 그렇지 않았더라면 그날 얼마나 고생을 많이 했을지 나도, 아무도 예상 못 했으리라.

　전철을 타고 충정로로 오는 길에 짐은 무거웠지만, 그래도 마음 한 켠에 어떤 색다른 일이 생길 것만 같은 마음이 들어 약간 들떴다. 시 부문 장원이라 부를 때, 나는 기쁨보다 부끄러움이 앞섰다. 그 느낌은 뭐랄까. '이런 이런 저런 저런 세상에. 이렇게 쓰면 장원이란 말이지? 어머나, 이런 어이없는 일이 생길 줄이야.' 그동안 나는 긴 글만 고집하며 써왔고, 그런 글들에 대한 자신감밖에 없었는데. 다시 충정로에서 마을버스 2번을 타고 언니네 미용실에 와서 언니에게 오늘 있었던 일들을 들려주었고, 언니는 "얘, 내 말이 맞지? 하나님께서 너에게 오늘 기쁨을 주실 거라고 했잖니?" 하며 나를 맘껏 축하 해주었다. 요양병원을 나올 때 내 입술에서 이런 찬송가의 후렴구가 끊임없이 나왔다.

　고난 풍파가 일지 않네
　고난 풍파가 일지 않네
　이 눈앞에 저 묘하고 명랑한 성

가리우는 것 별로 없네

가리우는 것 별로 없네

나는 그렇게 시로 장원을 하게 된 돌연변이 시인인
셈이다.

하나님께서 백일장 전에 특별한 꿈을 주셨으니 나
는 비록 한 시간 반 동안 글을 쓰긴 했지만, 다른 사람들
보다 몸만 아프지 않았더라면 내 몸이 느끼는 대로 내
생각이 기억이 떠오르는 대로 쉽게 글을 쓸 수 있었던
것 같다.

결혼하지 않은 아가씨가 결혼해서 첫날밤을 남편과
함께 보낸 뒤의 그런 느낌… 그건 내가 처음으로 백일장
에 선보인 나의 62년 일생을 자서전적인 시로 표현했기
때문인지도 모르겠다.

사람들은 내가 시로 장원한 것을 보고 이런 말을 해온
다. 현상공모 팬이었던 선배 문우님은 그동안 수필 많이
써오던 내공이 어디 갔겠느냐고… 재능교육 시낭송회의
시 낭송가는 이렇게 평을 해왔다. 그동안 시를 많이 낭송
한 덕을 본다고… 나는 그분들의 마음에 끄덕끄덕 답을

해드렸다.

하지만 여러분들이 모르는 큰 비밀이 내게 있다고… 성경 말씀을 젊은 시절 빡세게 읽고 시편이나 전도서 등을 많이 낭송했던 기억들… 그리고 하나님께서 그날 아침 주셨던 꿈 탓에 글감이 전혀 없었던 그 대추를 나의 것으로 표현할 수 있었다고…

내가 쓴 시 대추처럼 마지막 남은 삶 동안 사람들에게 벼락 맞은 대추나무 같은 나의 몸에 새로운 활기를 불어넣어 주셨으니… 대추는 정말 정말 영물인가 보다. 대추란 제목으로 시로 장원하고 나서 내 인생이 숨을 고를 시간조차 없을 만큼 바빠졌다. 단지 글로만 표현했을 뿐인데 말이다.

다만 그때 그 주름진 대추를 적은 것이 사족처럼 따라다녀서 괴로운 것을 빼고는. 아니 그 사족 때문에 나의 유명세는 더 많은 소문을 내며 퍼져 나갈 거라고 나는 기대하고 있다.

그날 심사위원으로 나오신 분 중 한 분이 '나의 시는 하마터면 사장될 뻔한 시였다'는 말씀을 하셨다. 나는 그곳에서 시로 등단도 했다. 물론 나의 시 대추란 시도 제출했었다. 대추는 등단 시집에 실리지 않았다. 그렇다면 똑같이 백일장에서 대추란 시로 똑같은 해에 대상을 받은 사람은 왜 등단 시집에 실어 주었고, 나의 시는 분명히 실어주지 않았던 그 억울함… 다 죽어가는 몸체로 겨우겨우 써낸 나의 시 「대추」가 푸대접받은 것 같아서 상당히 기분이 상했다.

나는 원래 그리 시를 잘 쓰던 사람은 아니었다. 시를 쓰기보다는 시를 읽고 시를 낭송하거나 그림으로 그리거나 율동으로 표현하길 더 즐겼던 사람이다. 나라도 나의 시 대추를 아끼자. 나는 그래서 '한빛문학'에 이 소설을 써서 냈다. 등단 소설이 된 셈이다. 나의 억울함을 조금이나마 풀고 싶었던 것이다. 다른 사람은 몰라도 적어도 심사위원들만큼은 나의 소설 속에 나타난 「대추」 시를 읽으실 수 있을 것 같아서 썼던 것이지요.

아마추어 작가가 아닌
프로작가의 예감 느껴

이은집(소설가, 한빛문학 주간)

    스포츠의 세계에서는 직업적인 프로선수와 취미적인 아마추어 선수가 있습니다. 그래서 프로선수 중에는 연봉을 수십억 또는 수백억을 받기도 합니다.

    문학의 세계에서도 마찬가지로 프로작가와 아마추어 작가는 분명히 존재한다고 하겠습니다.

    즉 작가 중에 오직 글만 쓰는 전업 작가로서 작품으로 생활을 해나간다면 프로작가라고 할 수 있을 것입니다. 여기에 비록 작품으로 생활은 못 해도 청탁을 받으면 언제나 뚝딱 써낼 수 있다면 또한 프로작가라고 할 수 있지 않을까 합니다.

이번 한빛문학 봄호에 동화 「엄마의 피부병을 고쳐드린 희찬이 이야기」와 소설 「영자가 시로 장원하던 날」을 응모한 유영자 님은 바로 두 장르를 한꺼번에 응모한 점도 그렇지만 특히 두 작품의 이야기를 이끌어간 뚝심은 아마추어가 아닌 프로작가의 영향력을 느끼기에 충분했습니다. 두 작품 다 기성 작가라도 작품으로 완성하기가 벅찬 소제임에도 마치 벽돌집처럼 차근차근 완성해낸 능력과 솜씨에 감탄하면서 당선작으로 뽑아 축하드리는 바입니다.

앞으로 더욱 왕성한 작품 활동을 기대합니다.

어린이와 어른에게 맞는
동화와 소설을 쓰고파

유영자

저의 유년 시절부터 제 마음 밭에 문학이란 꿈의 씨앗을 던져주신 그 하나님께 먼저 무조건적인 감사를 드립니다. 어릴 적 이유는 알 수 없지만, 이다음에 크면 꼭 작가가 되어 있을 것이란 생각을 그때부터 해온 것 같습니다. 짧은 시보다는 동화나 다른 긴 산문들을 더 흠모 해왔던 터인지라 동화와 소설이 동시에 당선이 된 것은 저에겐 이루 말할 수 없는 큰 기쁨입니다. 이렇게 당선소감까지도 마음 편히 쓰고 싶어집니다.

아직은 너무도 부족한 글인 줄 압니다. 그동안 20년

이상 숱한 글들을 표현해왔지만, 글을 잘 표현한다는 것은 끝이 없는 숙제인 것 같습니다. 부족한 저의 글을 뽑아주신 한빛문학의 조성언 발행인이자 장로님, 시인님, 그리고 심사위원님께 한없는 감사를 드립니다. 하나님의 크신 사랑과 은혜로 에덴동산처럼 포근한 둥지의 '한빛문학'을 연결해주신 이희만 집사님께도 감사를 드리고 싶습니다.

시인은 집이 없지만 동화나 소설은 집이 있다는 어떤 분의 말씀이 생각납니다. 동화작가나 소설가는 집 가(家)자이고, 그래서 집이 있는 작가라고 하더군요. 저는 이제 문학의 집이 두 채(동화작가, 소설가)나 생겼으니 엄청난 부자가 된 것 같습니다.

그동안 여러 가지 삶의 표현들 숱하게 글로써 열심히 표현 해왔듯이 등단을 계기로 '한빛문학'이란 포근한 동산과도 같은 정원에서 빛의 열매처럼 모든 착함과 선함과 진실함으로 지금보다 훨씬 더 열정을 가지고 글을 표현해 보렵니다. 이정원의 가을날 무성히 쌓인 낙엽들 속에서 성게처럼 가시 돋힘도 없고 그 어떤 작은 가시 하나도 없이 그저 토실토실 알토란같은 탐스럽고 윤기 나는 알밤 같은 삶, 하나님 저의 이웃, 독자분들께 저의 이야기를 들려 드리고 싶습니다. 제가 살아 있고 제 문학을 표현할 수 있는 힘이 남아 있을 때까지 그렇게 표현하려 합니다.

어린이들에겐 어린이들에게 맞는 이야기로, 어른들에겐 어른들에게 맞는 이야기로 전기수(傳奇叟) 아줌마가 되어 삶의 진솔한 맛깔 나는 이야기 들려 드릴 것을 저 유영자 선서하고 싶습니다. 기대하셔도 좋습니다. 하나님과 사람들에게 길이길이 남을 수 있는 그런 작 품을 쓸 것입니다. 하나님께서 37년 전에 저의 꿈속에서 이미 제목까지 정해 주셨으니까요. 이제 제가 글로써 표현해드릴 몫만이, 제가 지고 갈 행복한 십자가일 테니까요.

내 기억 속의 영어 선생님과 나는

내 기억 속의
영어 선생님과 나는

여리디여린 새싹 같은 모습으로 15세의 소녀는 세상을 바라보고 있었다. 그 소녀는 지금으로 말하면 초등학교 때 그렇게 공부를 잘한 것도 아니었건만 늘 마음속엔 공부하고픈 마음으로 꽉 찬 아이였다. 그래서 그 애 자신도 스스로의 이름을 부모님이 지어주신 이름보다 자신이 스스로 지은 학순이란 이름이 훨씬 더 잘 어울린다는 생각을 종종 해왔다.

학순이의 언니는 이미 17살의 어린 나이에 부모 형제를 떠나 서울로 떠난 지 오래이다. 서울로 간 이유는 일류 미용사가 되기 위함이었다. 서울에서 간간이 들리는 언니의 소식은 이러하였다. 학순이의 중학교 과정은 자신이 꼭 책임질 것이라고 늘 호언장담을 해왔다.

학순이는 언니의 그 말을 철석같이 믿고 자신의 친구

들에게도 자랑을 해왔다. 학순이의 그러한 말들은 가난한 바닷가, 광산촌이 있는, 약간의 농사를 짓는 깊은 산골 마을 강원도 정동진의 아이들이 부러워했다. 특히 학순이가 살고 있는 분수골 학순이 또래의 친구들이 더 부러워해왔다. "학순아, 넌 그런 언니라도 있어서 참 좋겠다, 얘." 그럴 때마다 학순이는 마음이 몹시 행복했고 어깨가 으쓱으쓱 자신도 모르게 들썩거리는 느낌이었다.

언니가 있다는 것이 그렇게 뿌듯할 수가 없었다. 게다가 그 언니가 미용 기술도 있고 일류 미용사를 꿈을 꾸면서 자신도 중학교를 가보지 못했지만, 중학교를 보내 준다고 하지 않았는가. 그 사실 하나만으로도 초등학교를 졸업할 무렵 늘 설레는 마음으로 보냈다.

앞으로 자신이 중학교를 갈 수 없다는 생각조차 하지 못했다. 그래서 중학교에 갈 태세로 당당하게 입학시험을 치르려고 강릉엘 갔다.

강릉여자중학교는 시험 성적이 좋아야 하고 혹시 학비가 비쌀지도 모른다는 생각에 그보다는 좀 낮은 영동여자중학교에 가서 입학시험을 치르었다. 다른 과목들은 그래도 자신이 있었다. 암기하는 과목들은 어렸을 때부터 항상 자신이 있었다. 다만 체육 과목은 약간 겁이 났던 것은 사실이었다.

늘 체육 성적은 잘하면 양 양 양, 못하면 가 가 가였다. 운동회 땐 청군에 가도 백군에 가도 아무도 자신을 반겨주질 않았다. 그뿐이 아니었다. 죽기 살기로 학순이를 자기들 편에서 밀어냈다.

"얘, 저리가. 네가 오면, 우리 편이 진다니까." 평소엔 그리도 다정다감한 친구들이 안면몰수를 해왔다. 결국 학순이는 청군에 두세 번 갔다가 등 떠밀려오고 백군에도 역시 두세 번 갔다가 머쓱해져서 집으로 돌아온 적이 한두 번이 아니었다.

하지만 오늘만큼은 친구들에게 자신의 그런 나약한 모습을 결코 보여주지 않으려는 결심을 단단히 했을까요? 넓이뛰기 시험을 볼 때 친구들이 흉을 보든 말든 배를 쑥 한껏 내밀고 뛰었다. 평소 보다 훨씬 많이 뛴 것에 자신도 놀랐다. 같이 시험을 치른 학순이의 친구들이 나중에 이런 말들을 해왔다.

"얘, 학순아. 너에겐 미안한 말이지만, 난 네가 떨어지는 줄 알았어.” 왜 그런 생각을 했느냐고 묻는 학순이에게 친구들은 말했다. “얘, 넌 체육을 워낙 못했잖니?” 하는 것이었다.

아무튼 정동초등학교 그 학교에서 장학생 시험을 따로 치르니 시험을 치를 학생들은 치르라고 하였다. 학순인 6학년 2반이었는데 6학년 1반 담임 선생님께서 학순이 담임선생님께 학순이도 장학생 시험을 한번 치르게 하는 것이 어떠하냐고 제안을 했다. 결국 학순인 자신의 반에서 늘 일등만 했던 변영숙이란 친구와 나란히 장학생 시험을 치르었다.

장학생 선발고사라는 그 말의 뜻은 그 당시 잘 몰랐지만, 다른 아이들과 구별되어 줄을 서서 있었고, 조회 시간에 그 학교의 선후배 학생들이 부러운 듯이 바라보는 시선이 좋았다. 시험에서 합격할지 안 할지는 알 수는 없었어도 우선 선생님께서 인정하셔서 그 시험을 따로 치른 것도 좋았고 늘 체육 시간에 집단으로 왕따 당했지만, 지금 이 순간은 친구들이 오히려 무언의 시간들 속에서 자신을 부러워하는 것도 기분이 한결 좋았다.

변영숙이란 친구는 5명을 뽑는 장학생 명단에 뽑혔고 학순인 떨어졌다. 영숙인 장학생이 되었어도 가정 형편이 어려워서 중학교를 가지 못한다는 이야길 들려주었다. 그러면서 만약 "내게 해당 되는 장학생을 내가 네게 양보한다면, 넌 내 대신 영동여자중학교를 다닐 수 있겠니?" 물어왔다. 나도 아직은 잘 몰라. 서울에 있는 언니에게서 통 소식이 없네. 영숙이와 학순인 따로 장학생 시험을 본 까닭에 강릉의 친척 집에 각각 보내면서 이런 말들이 오고 갔다.

이런저런 상황들을 모르는 친구들은 여러 가지 말들을 지어 소문을 퍼뜨리기 시작했다. 김영희란 친구는 고향이 부산이니 그곳으로 이사를 갈지도 몰라. 아마 그곳에서 중학교 과정을 마칠지도 몰라. 그리고 학순인 걔네 언니가 서울에서 미용사를 한다 하니 어쩌면 학순이는 서울에서 공부를 하게 될지도 모르지… 학순인 그런 생각도 미처 해보지 못했다. 친구들과 그 장소에서 좀 더 머무르고 싶었고 또 그렇게 될 줄로만 막연히 바랐다.

서울 언니의 소식을 기다리고 또 기다렸지만, 언니의 소식은 감감하기만 했다. 초등학교 졸업식도 끝났고 중학교 입학금을 낼 시간이 다가왔어도 아니 그 시간이 훨씬 지나갔어도 아무런 소식이 없었다. 그 후 학순네 식구는 지금의 태백이라 부르는 탄광촌인 황지란 곳으로 이사를 가게 될 줄이야.

황지란 마을에서 햇수로 2년이 될 무렵에서야 서울 언니의 소식을 듣게 된 것은 매우 기쁜 일이었다. 언니가 나와의 약속을 늦게라도 지키기 위해서 내려올 줄로만 알았다. 언니가 서울에서 내려와 황지에 있는 학순이를 서울로 데리고 가려는 그 전날 밤에 학순이는 살짝 눈치를 챘다.

지금 당장은 언니도 나를 공부시킬 형편이 못되어 당분간 먼 친척 언니네 집에서 머물러 있어야만 한다는 것이다. '어떡한담. 난 한 번도 부모님과 형제들을 떠나서 멀리 가본 적이 없었는데… 그것도 서울이고 아직까지 한 번도 얼굴을 보지 않은 친척, 그것도 먼 친척이라니 약간의 기대와 설렘도 있긴 했다. 하지만 그러한 마음보다 한 번도 가보지 못한 서울이 궁금하긴 했어도 부모님 곁을, 형제들과 헤어지면서 까진 가고 싶진 않았다. 식구들에겐 학순이는 드러내어 자신의 마음을 내색하진 않았다. 한 번도 가보지 못한 서울, 아직까지 단 한 번도 얼굴을 본 적도 없는 먼 친척 언니와 형부. 그분들과 함께 살아간다고 생각하니 갑자기 덜컥 두려움이 엄습해왔다. 그리고는 양 볼이 부어올랐다. 학순이가 아파하는 그런 모습을 보면서 보내야만 하는 학순이 부모님도 친언니도 마음이 편할 수만은 없었다.

그날 밤에 엄마는 황지 시내 약국에 가서 약을 사서 학순이에게 먹였다. 남은 약은 서울로 가는 기차 안에서 먹거나 서울 가서 먹도록 약을 지어 오셨다. 언니랑 서울로 가는 그 길은 꽤나 멀었다. 기차역 지명들이 특이한 곳들도 만났다. 고사리가 많이 나는 곳인지는 몰라도 상 고사리, 하 고사리라는 지명이 있다는 것은 매우 신기했다.

학순이는 그런 와중에도 어렴풋이 생각을 해봅니다. '과연 내가 서울에 가면, 친구들이 나에 대해 말한 것처럼 중학교엔 갈 수 있는 걸까? 그리고 공부도 열심히 할 수는 있을까?'

비록 중학교엔 가지 못했지만 공부하고픈 마음속 저

깊은 곳의 목마름과 배고픔이 학순이의 마음에서 자라나기 시작했다. 그 자람은 그 누구도 말릴 수 없을 정도로 아무도 모르게 자라고 있었다. 가난한 부모님은 부모님대로 그 가정에서 태어난 학순이 언니는 언니대로 아직 공부의 맛을 제대로 모르는 학순이도 아쉬움과 안타까움으로 서로가 서로에게 기운을 나타낼지는 아무도 알 수는 없겠지요. 다만 주어진 환경 속에서 현재의 삶에 하루하루 최선을 다할 뿐인 것이 학순이네 식구들 몫인가 봅니다. 특히 그 몫을 하나님께선 학순이에게 더 많이 요구하시려고 학순이에게 공부하는 모델로 삼으셨고 조만간 그 해결사를 학순이네 가정에, 특별히 학순이에게 나타날 것을 아직 아무도 눈치를 못 챘고 챌 수도 없었지요. 다들 그날그날의 삶이 버겁고, 그 삶들이 속절없이 부는 바람에 휩쓸려가고 있었으니까요.

학순이는 처음엔 친척 언니네가 서울 용산구의 삼각지에 살고 있었음으로 삼각지에서 살았다. 삼각지 육교 위에선 영화 촬영을 가끔 할 때가 있었는데, 꼬마 인기스타 김정훈도 학순인 그곳에서 처음 보았고, 가끔 친척 언니의 심부름을 하려고 얼음 한 뭉치를 사고서 돌아올 때면, 배호란 가수의 삼각지 로터리에 궂은 비는 오는데. 노랫소리가 구성지게 들려왔다. 망설임과 두려움을 안고 온 서울은 학순이가 생각했던 것과는 조금은 달랐다. 자동차가 끊임없이 달리고 종종 전차가 다니는 풍경들은 서울 같았으나 서울에 가면 사람이 다니는 인도는 온통 사방이 유리벽으로 휘황찬란할 줄로만 알았다. '서울도 별것 아니네, 뭐.' 하는 생각도 들었다. 집이 이태원인 관계로 삼각지 육교 위를 엄앵란, 신성일 부부가 자가용으로 한 번씩 지나간다는 소문도 들었다. 학순인 직접 그 유명 배우를 보고 싶었지만, 보진 못했다.

그 당시 라면이 처음 나왔을 때인 것 같았는데, 라면의 맛은 지금도 잊혀지질 않는다. 특히나 삼양라면은 그 맛을 지금도 그 미각을 결코 잊을 수가 없을 정도다. 42년이 지난 지금에도 삼양라면의 그 당시 특별한, 라디오 광고 노랫가사처럼.

〈맛을 보고 찾아주세요, 삼양라면…〉 맛도 맛이지만 라면 봉지 속엔 껌들이 "저도 있어요. 안녕!" 하고 인사를 해오는 듯했다. 다른 곳에 있는 학순이의 언니는 학순이를 처음 서울로 데리고 저녁에 도착했을 때, 언니가 처음

사준 라면도 꿀맛이었다.

첫째, 셋째 주일이면 학순이에게 오곤 했다. 학순인 언니가 오는 날을 손꼽아 학수고대했다. 언니는 그때 중학교를 못 간 동생을 위해 한 주일 동안 공부할 학습지를 주고 가며 공부하라고 했다. 그 학습지엔 영어, 일본어, 펜글씨, 중국어가 회화 형식으로 구성되어 있었다. 한문은 해설과 함께 약간 낯설긴 했던 한자의 서체 설명도 있어서 신비로웠다. 초서체, 행서체 등등. 그런 공부들을 하면서 언니를 기다리다 보면, 언니는 자신이 쉬는 첫째 주일이나, 둘째 주일이면 삼각지에서 걸어서 한 정거장 되는 남영동의 극장으로 가서 영화 구경을 시켜 주곤 했다. 언니가 가고 나면, 친척 언니네 밥을 짓는다든가 빨래 잔심부름을 하면서 지내기 일쑤였다.

언젠가부터 학순이에게 심심하지 않은 일이 생겨났다. 건물 주인 할머니의 손녀딸, 그냥 보아도 학순이 또래의 손녀딸이 학순이 곁에 동무로 와 있게 되었다. 옥탑 위엔 학순이 언니 뻘 되는 언니도 생겼다. 그 언니도 이사를 온 모양입니다. 학순인 건물 주인의 손녀딸과 노는 것을 무척이나 좋아했답니다. 같은 나이 또래인 장점이 있어서였을까요?

그 아이 이름은 곽미자였는데 무척 친절하고 상냥한 아이로 얼굴도, 말씨도 착착 정이 가게 만드는 그런 아이였어요. 만화 그림도 잘 그렸고, 자신이 그린 그림들을 때때로 보여주며 그림 그리는 방법까지 아주 자세하게 학순이에게 가르쳐 주기도 하고, 자신의 꿈은 만화가가 되는 것이라 했어요. 포부조차 야무졌고, 무용이나 노래도 잘했기에 배울 것이 참 많다고 생각했고, 그 아이의 품성이나 재능들조차 무인도에서 사람을 만난 양으로 흡족해했지요. 초등학교 때 깍쟁이 짝꿍 서정녀와는 전혀 다른 친구였지요. 그 친구와 꿀맛 같은 시간을 보낸 지 3, 4개월째가 되었을 때, 이 세상에서 처음 만난 곽 씨 성의 친구와 이별하게 됩니다.

학순인 공부라든가 고향에 남겨진 부모님, 동생들, 친척 언니가 미용실을 차리는 일에 만약 걸림돌이 되지 않는다면, 그 친구와 영원히 함께 하고 싶었을 것입니다. 미자 친구도 아마 학순이 마음처럼 그러했을 것입니다.

친척 언니도 학순이 언니처럼 다른 미용실에 직원으로 지금까지 다녔지만, 신길동에 유림미용실을 신장개업을 하게 돼 할 수 없이 미자 친구와 이별을 고할 수밖에 없었던 것이지요. 삼각지를 통해 약간의 서울의 모습을 본 기억을 뒤로 하고 새로운 좋은 뜻이 담긴 지명을 지닌 곳으로 향합니다. 사람은 새로운 지명에서, 학순이는 인생에서 대단히 중요함을 좋은 여운이 담긴 삶을 신길동(新吉洞)에서 만나게 되나 봅니다. 영등포구 신길동 그리고 우신시장… 그리고 '강남 영수학원'…

　친척 언니가 신길동에 개업한 유림미용실은 유 씨 성이라서 버들 류(柳)에 수풀 림(林)이라 고해서 '유림미용실'이지요. 이젠 다정한 미자 친구도 없이 오롯이 어른 손님들만 있는 장소에서 잔심부름도, 밥을 짓는 일도, 빨래하는 일도, 미용실 언니들과 손님들의 심부름까지 온전히 학순이의 몫이 된 것을 학순인 모릅니다. 모든 것이 학순이 친언니와 친척 언니와의 사전 면담에서 이루어진 일이었으니까요.

　서울에 있을 곳이 마땅하지 않아서 그저 밥만 먹여주고 잠만 재워주면서 그 미용실에서 기술을 익히게 해달라는 언니의 부탁 때문이었다. 이젠 서울 말씨도 어느 정도는 알아듣게 되었다. 서울을 처음 올라올 때와는 달리 두려움에 휩싸여서 더 이상 힘들어하지도 않게 되었다.

그 많은 심부름, 여러 가지 일들을 마땅히 어떤 보수도 없이 해내는 어린 여자 머슴 같은 모습으로 살아가야만 할 것 같았다.

서울 올 땐 언니가 어떤 방식으로든 공부를 시킬 것만 같아서 따라왔는데 공부와는 점점 멀어져 가는 느낌이었다. 친척 언니네 방은 넓은 지하실을 허리를 굽힌 채 들어가서 '네루식 화로'를 연탄을 넣어서 방을 덥혔다. 간혹 그 네루식 화로에 밥이나 찌개를 끓였다. 술집에 나가는 아가씨들이 밥을 못 먹고 미용실에 오면, 그들이 머리를 하는 동안 학순이는 연탄불이 담긴 네루를 들어서 남의 집 부엌으로 내온 후에 다시 밖으로 끌어당겨서 그 위에 냄비를 얹고 라면을 끓여 머리 손질이 끝날 때를 맞춰 대령하는 셈이다. 이곳은 분명 미용실인데 손님들의 라면이나 밥상까지 차려준다는 것이 처음엔 도저히 어린 학순이의 머리론 이해가 되질 않았다. 그런저런 일들이 많은 곳이 미용실이었다.

가끔씩 이런 일들이 귀찮아져 왔다. 게다가 바퀴가 달리긴 하였지만, 그 네루식 화로 같은 것을 끄집어내는 곳이었다. 그곳은 예전엔 논이었는데 방수 처리를 잘 하지 않아서 논에 물이 고이듯이 그득 고였다. 꽤 넓은 공간이었기에 그 물의 양과 깊이가 상당했다. 어떤 때엔 장화를 신고 가기도 하고, 두꺼운 통나무를 자른 널빤지를 그 네 루식 화로가 있는 그 장소에 연결해 놓고 다녀야만 하는 이유도 있었다.

워낙 세상 물정 모르고 어린 탓도 있었지만, 그때까진 태생이 천사표인 학순인 속으론 자신이 몸과 마음이 고 달프고 괴로워도 그냥 참고 일을 해내고 있었지요. 어떤 땐 물이 너무 많이 고여 있어서 장화를 신고 들어가도 안 되고, 허리를 굽혀서 그 널빤지 위로 다시 장화를 신고 들어가도 장화에 물이 들어가곤 하였다. 할 수 없이 학순 이는 바가지로 대야에 부어서 그물들을 퍼낼 수밖에 별 도리가 없었지요.

문제는 그런 물이 자주 고였고, 그 물들을 퍼내는 일 들로 이제 겨우 15세의 소녀는 만신창이가 되어가고 있 었다. 그 일들이 너무 힘들어 요에다 오줌을 자주 싸곤했 다. 그러면 일이 힘든 것보다 미용실 언니들의 놀림이 창 피했고 두려웠다. 미용실 언니들은 그런 일이 있을 때마 다 "어린 갓난쟁이 아이도 아니고 커다란 애가 오줌도 못 가리고 요에다 오줌을 싼다." 고 흉을 봤다. 오줌을 싼 요마저 고스란히 실밥을 뜯어서 빨래를 빨아서 말리는 몫도, 이불을 꿰매듯이 요를 꿰매는 일도 자신의 일이 되고 말았다.

그 누구도 자신의 일을 부모님이나 그들의 일처럼 거들어주지 않는다는 것을 학순인 비로소 깨닫고 있었다. 벌써 이런 일들은 여러 번 있어 온 일이다. 이제 모든 일을 자신이 알아서 해야 함을 너무도 당연했다. 왜 그런 일들은 언제나 생기는 것일까? 지금으로선 도무지 감이 잡히지 않는 하루하루였다. '언니는 무슨 생각으로 나를 서울로 데리고 온 것일까? 차라리 고향 집에 있었으면, 이 혹독한 고생과 외로운 마음은 나의 것은 아닐 텐데…'

언니는 자신의 일도 힘이 들어 미처 동생에게까지 신경을 써주지 못했고, 학순인 어린 시절엔 자신이 고통을 당해도 무던히 참는 성품의 아이인지라 차마 언니에게 말을 못 했다. 언니, 나 너무 힘들어. 다른 곳으로 데려다 줘. 부모님 계신 곳, 형제들이 있는 곳으로 갈 테야. 라는 표현도 못 하고, 살아가고 있을 때였다.

친척 언니는 무슨 생각이었는지 학순일 불렀다. 그리고는 학순이에게 "얘, 너 배우고 싶은 것 있음 말해 볼래?" 물어왔다. 학순인 공부가 하고 싶단 말을 하고 싶었지만, 그건 너무 돈이 많이 들 것 같고 염치없는 사람 같아서 생각과는 다른 말을 뱉어내고 있었다.

저요, 편물이 배우고 싶어요. 친척 언니는 "얘야, 편물은 먼지가 많이 나서 말이야. 오래 그 일을 하면 폐결핵이 걸릴지도 몰라. 얘, 내 생각인데 차라리 미용 기술을 배우는 것이 어떻니?" 물어왔다.

차마 공부하고 싶단 말을 못 했듯이 차마 미용 기술을 배우고 싶지 않다는 말을 분명히 학순인 못 했다. 며칠 후, 친척 언닌 학순이에게 미용 학원비와 그곳을 다닐 때 필요한 경비를 챙겨주었다. 영등포에 있는 경기미용학원을 약 두 달 반 동안 다녔다. 학순이 나이와 비슷한 아이와 같이 다녔다. 그 아이도 학순이와 환경이 비슷한 것 같았다. 친척 집 미용실에 있는 것도 그렇고 그 아이도 꼭 미용 기술을 배우고 싶어서 그 미용학원을 온 것 같아 보이진 않았다. 그 아이가 먼저 학순이에게 이야길 걸어왔다. "나 미용 학원 더 이상 다니기 싫다." 학순이 역시도 그 마음은 같았다. 얘야, 나도 마찬가지란다. 똑같은 처지에 있는 친구도 나 말고 또 있구나 생각하니 약간의 위로와 뭐랄까 왜 그런 일들이 이 지구상에 일어나는지 서글퍼졌다.

그날 이후 미용학원에 들르면 그 친구의 얼굴이 보이지 않았다. 가뜩이나 다니고 싶지 않은 그 미용학원을 학순이도 더 이상 다니고 싶지 않았다.

결국 그 친구가 그 학원을 그만둔 그 시점에 학순이도 다니는 둥 마는 둥 하다가 미련도 후회도 없이 그만두고 말았다. 학순인 아직 어리긴 하지만 그때 그 일을 아쉬워하거나 안타까워 한 일은 단 한 번도 없었다. 먼 훗날에도 그 감정은 마찬가지였다. 차라리 편물 기술을 배웠더라면, 어느 정도 더 기술을 습득했으리라. 그런 아쉬움은 나중에도 두고두고 남았다.

친척 언니는 학순이의 그런 태도를 나무라진 않았다. 다시 어느 날 불렀다. "네가 진짜 배우고 싶은 것은 무엇이니?" 학순인 공부가 하고 싶다는 말을 이번엔 또렷이 그리고 분명히 들려주었다. 친척 언니는 학순이에게 "넌 그럼 어떤 공부를 하고 싶은데?" 그리고 학원비는 얼마나 들며 시간은 언제가 좋으냐고 자세히 학순이에게 물어왔다.

　제가 그동안 봐둔 학원이 있어요. 강남영수학원이라고 이 근처에 있는데요. 전 영어 한 과목이라도 배우고 싶어요. 학원비는 한 달에 1500원이래요. 시간은 저녁 시간도 된다네요. 학순이의 말을 들은 친척 언니는 얼마 안 있어 학원을 다니라면서 학원비를 건네주었지요.

　그 즉시 뛸 듯이 기쁜 마음으로 학순인 달려가서 그 근처의 4층 건물 중에 2층의 강남영수학원의 문을 두드렸겠지요. 학원 안에서 문이 열렸고 그리 키가 크지도 작지도 않으신 경상도 말씨를 쓰시는 선생님이신 듯 보이는 한 분이 나오셨다. 안녕하세요? 저 이 학원 다니러 왔어요. 일단 영어 한 과목만 공부하고 싶은데요. 학원비가 한 달에 천오백 원 맞지요?

　그분은 맞다고 하면서 자신이 바로 영어 선생님이라고 소개를 친절히 하셨다. "아참 그리고 학생 전에 우리 학원에 몇 번 오지 않았나요? 그때마다 학원비를 여러 번 물었던 그 학생이 바로 학생 맞지요?" 선생님께선 학순이를 정확히 기억했다. 네에, 제가 맞아요. 학순이의 말을 듣고 계시던 그 영어 선생님은 갑자기 학원비를

300원이나 깎아 준다면서 1500원에서 300원은 돌려주셨다. 처음부터 그 영어 선생님과 학순이의 만남은 예사롭지가 않았다.

전에 우신시장에 심부름 갈 때 그 학원을 자주 바라다보았다. 분명히 중학교 같아 보이진 않았다. 그렇다고 하더라도 저곳에 들어 갈 수만 있다면, 왠지 중학교 과정에서 배우는 과목의 일부분은 꼭 배울 수 있을 것만 같았다. 그래서 우신시장을 갈 때마다 그 학원을 몇 번이고 몇 번이고 올려다보고 또 올려다보았다. 급기야 그 궁금증을 풀기 위해 그동안 여러 번 강남영수학원을 오르락내리락하였다. 공부하고 싶은 마음이 너무나 간절한 탓에 언제 학비가 마련될지도 친척 언니가 과연 학원을 보내 줄지도 아직은 알 수도 없었다.

그런 학순을 보고 영어 선생님은 안쓰럽게 바라보시기도 하셨고 기특하게도 생각하신 모양이셨다. 학순인 그 선생님께 고마운 인사를 드렸고, 다음 날부터 그 영어 선생님과 본격적으로 영어 수업을 시작했던 날을 결코 잊을 수가 없었다. 처음엔 중학교에 다니는 남녀학생들과 어울려서 함께 공부했는데 약간 어색하긴 했지만, 나도 저 학생들 속에 끼어서 공부할 수 있네. 비록 저 아이들처럼 중학교도 못 다니고 산뜻한 검정 교복 치마에 빳빳한 하얀 깃이 달린 예쁜 세라복 같은 교복, 멋있는 책가방, 담임 선생님과 여러 선생님과의 수업 시간, 자신의 나이에 걸맞은 멋진 친구와의 사귐, 넓은 교정 안에서 같은 시간을 삼 년씩이나 보낼 수 있는 친구들…. 모든 것이 그들과는 달랐지만 그런 학생들과 잠시라도 그 기운을 함께 나눌 수 있다는 사실이 마냥 고맙고 신기할 따름이었다.

그런데 하루는 저녁 수업이 끝이 난 후에 선생님께선 학순이에게 특별한 제안을 해오셨다.

"학생, 혹시 수업이 다 끝난 후에 단 십 분이라도 학생에게 별도로 내가 수업을 시키고 싶은데 학생은 이 문제를 어떻게 생각하는지 모르겠네. 내가 왜 그렇게 생각하는지 학생에게 설명을 해줄게. 학생과 한 반에서 공부했던 저 아이들 속에서 학생을 함께 공부를 시키고 싶지 않은 것이 내 생각이야. 학생은 너무나 열심히 공부하고 싶고 그와 마찬가지로 열심히 공부하고 있는데 사실 저 아이들은 그렇지가 않거든. 저 아이들은 할 수 없이 부모님의 성화에 학교도 다니고 공부 성적도 좋지 않아서 다시 우리 학원에 오고 있지. 따라서 공부는 별로 생각이 없는 아이들인 셈이지. 저 아이들과 학생을 한꺼번에 가르치기는 너무 아까운 생각이 들어서 말이지. 만약 학생이 내 제안을 따라준다면 말이지 나하고 약속할 것이 있는데 그 약속은 반드시 학생이 나에게 꼭 지켜주기를 바래."

학순인 그 제안이 약간 학순이에게 버거울 것이란 생각조차 못 하고 선생님과 일단 약속을 하고 말았다.

선생님과 학순이와의 약속 중엔 선생님의 학순이를 위한 이벤트 선물이 곳곳에 숨겨져 있었다. 선생님께선 학순이에게 그날 그날 공부할 분량은 틀림없이 어떠한 일이 있어도 꼭 외워 오라고 하셨다. 학순인 선생님과의 약속을 지키기 위해서 끝없이 영어 단어 공부에 몰두했다. 우선 시장엘 심부름 갈 때도 밥을 할 때도, 화장실에 갈 시간도 그냥 길을 걸을 때도 그냥 가만히 앉아 있을 때도 영어 단어를 외워 나갔다. 그러다 보니 종종 밥을 태우기도 해서 야단을 맞기도 했지만 개의치 않았다. 정동진에서 수양언니인 심정열이 언니에게 그래도 영어 알파벳을 인쇄체라도 외워놨던 것은 다행이라는 생각도 들었다.

한글 모르는 바보가 미국 유학 간다고
'ABCDEFGHIJKLMN… 암만 봐도 모르겠네…'

이런 노래 가사의 주인공은 아니었기 때문이다.

선생님께선 영어의 알파벳 소문자와 대문자가 있음
도 상세히 설명해 주셨다. 처음엔 인쇄체도 필기체도 능
숙하게 못 쓰는 학순일 위해서 음악 공책 같은 공책을 준
비하라고 하셨고, 선생님께선 학순이의 필기체 알파벳을
제대로 쓰게 하시기 위해서 친히 그 글씨들을 점선처럼
그려도 주셨다. 학순인 비로소 영어의 알파벳에 필기체
라는 것이 있음을 알게 된 것이었다.

공부가 너무 하고 싶어서 친척 언니네가 같은 신길동
이긴 하지만, 그곳의 건물 주인의 딸이 고물상에 버리
려고 복도에 놓아둔 공책을 슬쩍 본 적이 있었다. 우연
히 접한 공책이 영어 공책이었는데 그 글씨체가 그림처
럼 예뻤다. 건물 주인의 딸은 그 당시 영등포여고를 다
녔는데, 중학교 때 쓰던 것이었다. 하지만 학순에겐 충분

한 볼거리였다. '어 엉, 서로가 서로에게 기댄 채로 옆으로 게처럼 글자들이 지나가고 있네.' 학순인 그 글씨체를 마치 공예품 연구가나 된 것처럼 금방 흉내 내고 싶었고 자신만의 방법으로 영어 글씨체의 주인공처럼 붙여서 써 봅니다. 흉내 내지 못할 것 같은 글씨체가 접착제를 바른 듯이 학순이의 마음과 몸에서 흉내를 내고 있는 것이 신기했다. '나도 영어 글씨를 붙여서 쓸 수가 있네.' 자랑하고 싶은 마음에 그길로 한걸음에 달려가서 미용실에 있는 황 언니에게 자랑을 합니다.

　"언니, 나 말야. 영어 글자 붙여 쓸 수 있다고요. 한 번 볼래?" 하면서 신나게 A부터 N까진 썼는데 그 다음부터의 글씨체는 더 이상 붙지를 않았다. "언니, 아까는 분명히 붙었는데 지금은 왜 안 붙는지 모르겠어." 황 언니 역시도 중학교에 가본 적이 없어서 그것을 설명해 줄 수는 없었다. 다만 학순이가 자신이 발견한 것에 대하여 잠시 호들갑을 떤 것에 대해 반응을 보였던 것이 약간의 실망으로 돌아왔다. 그저 그것뿐이었다. 학순인 왜 그때 영어 글씨체가 붙다 말은 것을 이제야 깨닫게 됩니다. 영어에 필기체가 인쇄체처럼 따로 있고 대문자와 소문자가 따로 있다는 것도 배우게 되었지요. '아, 억지로 남의 글씨를 흉내 내다가 망신을 당한 것이 인쇄체를 필기체처럼 쓰다가 그렇게 된 것이란 말이지.'

학순인 그날 외워갈 분량의 단어를 분명히 외워갔고, 선생님은 영어의 핵심 부분을 문법, 해석 회화 등을 자세히 설명을 해주니 학순인 점차 영어에 눈을 뜨게 되었다. '영어가 이렇게 쉬운데 왜 사람들은 영어가 어렵다고 하는 걸까?' 이런 생각을 하며 다른 사람들이 이해가 되질 않았다. 조동사, 해브 동사, 전치사의 개념들도 배워나갔지만 어렵다는 생각은 전혀 들지 않았다. 공부란 재미있고 꿀맛이란 생각만 들었다. 한 달이 지나고 두 달이 지났을 때엔 이미 처음 시작한 1학년 과정인 Tom and judy를 떼고 나서 union이란 2학년 교재의 3분의 1을 더 나가고 있었다.

선생님은 선생님대로 최선을 다하고, 학순인 학순이대로 공부에 미친 탓에 이런 일들이 생겨난 것이다. 선생님께선 또 다른 제안도 학순이에게 종종 해오셨다. 그것은 일요일 날도 학순이의 공부를 멈추게 하고 싶지 않았는지 본인의 휴식 시간까지 반납하고 학순이의 공부를 더 도와주고 싶어하셨다. 공부에 너무 목마르고 배고픈 학순이에게 단비와 식량을 배려와 가르침으로 끝없이 선생님은 내려주고 계셨다. 선생님께서 피치 못할 사정이 생기셔서 공부를 가르쳐 주시지 못하신 때도 아주 가끔 있긴 했다. 그럴 땐 학원의 칠판에다 메모를 남겨 두시고 가셨다.

"〈미장원 아가씨〉 내가 오늘은 바빠서 공부를 못 가르쳐 드려서 미안해요. 혹시 내가 가지 못하거든 혼자 공부를 하고 가도 되고, 심심하면 그냥 가도 돼요."

영어 선생님의 보람도 점점 커지게 되어 뿌듯함이 한껏 부풀어 올라가고 계셨다. 선생님은 이렇게 영어를 빨리 습득하는 학생은 처음 봤다고 학순이에게 직접 칭찬을 해주셨다. 학순이는 전요 영어를 처음 배워서 제가 영어를 빨리 배우는지 늦게 배우는지 잘 모르겠는데요라고 선생님께 말할 수밖에 없었다. 선생님은 어떤 학생들은 이 영어책 한 권을 떼는데도 6개월이나 1년이 걸리는 학생들도 있다는 말씀도 해주셨다. 그리고 같은 학원에서 수학을 가르치는 선생님에게도 보란 듯이 학순이를 칭찬을 해주셨다. 이 학생은 영어공부도 대단히 열심히 하고 진도도 상당히 빨리 나가는 것을 보면, 머리가 상당히 좋은 것 같다는 말씀을 종종 하곤 하셨다. 수학 선생님은 학순이에 대해서 잘 알지는 못하지만 그런 것 같다고 응수는 해주었다.

그 학원은 모르긴 몰라도 영어 선생님과 수학 선생님께서 함께 운영하는 것 같은 느낌을 받아왔다. 영어 선생님은 그때 당시 35살 노총각이셨고 어려운 가정에서 힘들게 공부하셨다는 소문을 들어왔다. 성균관대 영어영문학과를 나오셨고, 미8군 부대도 근무해서 영어 회화도 자유자재로 하신다는 소문도 들었다.

본인이 어려운 환경에서 자랐기에 결혼할 생각을 하지 않으시고, 자신이 어려웠던 시절처럼 어려운 학생들을 돌보며 가르치고 싶은 것이 그 선생님의 마음이라는 이야기도 학순이에게 들려왔다. 그 학원에선 선생님에게 사랑받는 학생이 한 명 더 있었다. 윤희라는 학생이었다. 집안은 어려운데 마음씨는 착하고 공부는 잘하는 모범생이었다. 선생님은 학순이랑 윤희를 종종 부르시거나 심부름도 시키셨다. 학순이는 어느새 그 선생님이 아버지는 아니라 해도 친오빠처럼 느껴졌다. 이렇게 선생님이 좋고 영어가 공부가 좋으니 이 속도로 나간다면 최소한 중학교 과정을 1년 안에 3학년까진 마칠 것만 같은 뿌듯함이 밀려왔다.

어느 날, 수업 시간이 끝나고 집으로 올 때, 선생님도 학순이를 바래다 주시겠다고 같이 길을 나서셨다. 길에서 선생님은 "학순이 학생, 영어를 그렇게 열심히 하는 이유가 뭐지?" 하고 물었다. "학순인 그저 상식적으로 배우는 것이에요." 하며 담담히 답을 드렸다. 선생님은 그날 학순이에게 또 물어오셨다. "영어를 배우는 너의 꿈이 무엇이니? 네가 너의 꿈을 내게 말해 준다면 말이다 내가 너의 꿈 근처까지 데려다줄 거야. 너의 꿈을 내게 말해 주지 않으련? 학순이 학생…?" 무조건 영어 공부만 열심히 하는 학순이에게 영어만 잘해도 너의 앞길이 확 트인다는 꿈을 선생님은 끝없이 들려주었다.

학순인 그 이야기의 꿈을 고이 간직하고 내 것으로 만들고 싶다는 생각조차하기도 전에 친척 형부의 짓궂은 용렬스런 행동 탓에 친척 언니의 미용실을 갑자기 떠나게 되었다. 미용실을 떠나는 것은 그래도 덜 서운했다. 그토록 잘해주신 선생님께 좀 더 공부하지 못하고 떠나는 것이 서운했다. 그 선생님께 마지막 작별인사도 나누지 못하고 떠난다는 것이 서글퍼졌다. 하지만 곧바로 선생님을 찾아뵐 수 있는 날이 속히 올 거라고 믿었었다. 학순이의 나이 17세 때 종로 1가의 어느 미용실에 처음으로 월급 받는 직원이 되었다. 한 달 월급 천원인 시다로… 잠은 미용실에서 자되 밥은 홀로 해결하는 미용실이었다.

미용실이 쉬는 날을 고대하다가 학순인 신길동의 강남영수학원을 찾아 나섰다. 꼭 다시 선생님을 만날 수 있으리란 꿈으로 설레는 마음으로 찾아갔다. 하지만 학원은 그곳에서 없어졌다. 그 근처의 사람들에게 물으니 아마 영등포로 갔을 거라고 했다. 다시 쉬는 날을 잡아서 영등포 쪽을 한참을 뒤졌지만, 그 학원을 찾아봤지만 다시는 그 선생님을 만날 수가 없었다.

학순인 22살 때, 자신이 직접 5개월 20일간 걸쳐서 쓴 〈소녀의 반생기〉라는 자서전에 선생님 이름 석 자를 기록으로 남겼다.

'김정호 선생님. 잊을 수 없는 선생님으로서…' 어쩌면 학교 선생님보다 더 잊을 수 없는 선생님이셨다. 해마다 스승의 날이 되면 초등학교 선생님 보다 그 선생님 모습이 어렴풋하나마 기억이 나고 더 보고 싶어 눈물이 나곤 합니다. TV에서 하는 스승의 날 기념식에 자신이 선생님과 함께 스승과 제자로 나가서 담소를 나누고도 싶습니다. 저의 나이가 15세 소녀에서 벌써 68세나 되었네요, 선생님이 살아 계신다면, 선생님의 연세는 88세의 할아버지가 되셨겠지요. 선생님 너무 보고 싶습니다. 그립습니다.

그때 그 학순이 학생인 저는 선생님께서 그 두 달 반 동안 배운 영어 실력을 바탕삼아 고검, 대검, 지금의 독학사 과정까지 저 혼자 독학으로 영어는 어렵지 않게 시험을 통과해 합격을 했어요.

2002 한일월드컵 팬 여의도 공원에서 영어 자원봉사자도 했어요. 영어뿐만 아니라 중국어, 일본어, 러시아어, 프랑스어도 익혔구요. 간단한 인사말은 더 폭을 넓혀서 스페인 말도 할 수 있게 되었지요. 제가 살아생전에 영어 번역본을 한번 써보려고 합니다. 헬라어와 히브리어도 열심히 공부하려고 애를 써보긴 합니다. 그 기억력 좋던 학순이가 마지막 힘을 짜내 끝까지 최선을 다 해보렵

니다.

저도 제 꿈이 이토록 큰 줄은 몰랐습니다. 그 모든 것은 선생님께서 그 두 달 반 동안 온 힘을 기울여서 학순이 저를 가르쳐주시고 제게 꿈을 안겨주신 선생님, 김정호 선생님이 계셨기에 가능했습니다.

선생님, 제 기억 속의 영어 선생님은 당신 한 분뿐이십니다. 선생님, 언제나 영어를 생각하면, 당신의 그 인자하신 모습, 이름 '김정호' 석 자가 떠오릅니다.

제가 정식으로 나온 학교는 정동진의 정동국민학교 뿐입니다. 충북의 소이국민학교에선 저의 1학년 담임 선생님이셨던 권오성 선생님, 정동에선 저의 담임선생님이시자 학교 전체의 특활반인 문예부 윤금순 선생님, 무용을 잘하셨던 홍순금 선생님 이름이 뚜렷이 제 기억에 남아 있습니다.

학교 선생님 말고 제 인생에 그토록 큰 영향력을 끼치신 선생님이 또 어디 계실까요? 그 선생님으로 인하여 영어뿐만 아니라 어떤 다른 나라의 외국어를 배우는 데도 결코 기가 죽지 않고 쭉 배워 나갈 수 있었으니까요. 히브리어만 빼고 말이지요. 그것도 시간을 내서 조금씩 공부는 해낼 것입니다. 선생님, 자금 어디 계시나요? 혹여 살아 계시다면 한 번만이라도 뵙고 싶습니다. 89세쯤의 선생님이 되셨을 김정오 선생님…

황금찬 선생님과 나의 인연설

황금찬 선생님과
나의 인연설

　새롬이란 이름으로 살고 싶은 내 인생 테두리에 황금 종이 찬란히 울려오고 있었다. 에밀레종처럼 "에밀레, 에밀레" 슬프게 들리지 않았을 그 황금 종소리… 나는 분명히 듣고 있었으련만, 내 삶에 취해서 내 젊은 에너지에 어떤 색을 입힐 것인가가 더 궁금해서 그것을 듣지를 못했다. 어쩌면 그 황금 종소린 계속 내게 손짓을 했을지도 모릅니다. 그 손짓은 내 삶의 행복과 불행 사이에서도 보이지 않는 노아 홍수가 끝나고 나서 나오는 창세기의 바람처럼 불어왔겠지요. 우리네 삶은 늘 행복과 불행 사이를 오가며 한해, 한해, 한순간, 순간을 매듭을 지으며 살아가고 있습니다. 마치 대나무가 대나무의 매듭을 만들며 지나가듯이, 온갖 나무들이 나이테를 하나씩 하나씩 만들면서 자신이 살아온 생을 표현하듯이 말입니다. 우리네 인생 삶이 행복할 때 보다 슬플 때 더 많은 예기치 못할 보석 같은 이야기가 생겨나는 듯합니다. 제 인생

64년을 돌아보면 말입니다.

　제 나이 45세 때쯤, 저의 남편은 47세 때쯤, 구로구의 그린벨트 지역 천왕동이란 마을에 살았었지요. 나는 우리 부부의 별명을 남편은 바보온달, 나는 평강공주로 붙였고요. 그 속에서 난 나의 알토란같은 자식들에게는 나의 태몽 꿈처럼 첫째 딸은 호랑낭자, 둘째 아들은 무지개 도령이라 이름 짓고 그 을씨년스런 마을에서나마 알콩달콩 살았습니다. 귀신의 왕이 나올 것만 같은 천왕동(天王), 어찌 보면 어머니의 치맛자락으로 연결된 그 동네… 서울의 도심지에서 시골의 진풍경이 계속 묻어 나오는 그 마을… 그때 나의 첫딸은 10살인 초등학교 3학년, 앙증맞고 깜찍한 자기표현을 똑소리가 똑똑똑 떨어지게 하는, 용감한 작은 고양이가 호랑이 아가씨로 조금씩 자라나는 모습으로 아른아른 제 곁에 머물러 있었습니다.

　저의 둘째 아들은 그 당시 6살, 유치원에 다니는 나이였었죠. 미술학원에 다니질 않아도 그림을 아주 섬세하게 그려서는 친구들에게 그 말 잘하는 솜씨로 자신의 그림 설명을 신나게 해주곤 하던 아이였습니다. 그런 까닭에 유치원 친구들에게 아주 인기 있는 아이였고, 그 누구라도 그 아이 곁에 있고 싶은 마음이 생겼던 아이랍니다. 한글도 일찍 깨우쳐서 자신의 누나가 초등학교 2학년 때 대교에서 교과서 낭독대회를 나갈 때 누나보다 먼저 '나무를 심고'란 국어 교과서 3페이지를 아주 앙증맞고 또록또록한 음성으로 자신 있게 표현한 아이로 무럭무럭 예쁜 무지개 도령으로 자라나고 있었습니다.

그 당시 72세의 저의 친정어머님이 2개월 전에 돌아가셨을 때였습니다. 전 미처 저의 마음을 추스르기도 전에 회색빛보다 진한 검은 회오리바람이 저에게 몰려오는 것을 느껴야만 했습니다. 그러나 저는 미처 그런 기운들을 차마 느끼지 못했던 것입니다.

딸애가 "엄마, 아빠가 며칠 있으면 우릴 광명시로 데려간대요." 내게 귀띔을 해주었다.

"소희야 너, 그럼 아빠 따라갈 거니?" 난 딸에게 물어보았다. 아니라고 말할 것을 기대하면서 뱉은 나의 물음이었다. 나의 예상과는 달리 딸애는 고개를 끄덕 끄덕였다.

"엄마, 나 아빠 따라갈 거야."

그럼 재홍이는 어떻게 한다고 그랬니?

"재홍이도 아빠를 따라간댔어…" 나는 갑자기 힘이 빠졌다.

"그렇구나, 그래 내가 어떻게 너희들을 말리겠니?" 광명시는 경기도이긴 하지만 도회지 같은 마을… 천왕동은 분명히 서울시 관할이지만 시골보다 더 시골 같은 마을…

거기다 문학에 빠진 엄마, 독서토론회, 세계어학(중국어, 일어, 영어)에 빠진 엄마의 점수는 어쩜 0점짜리 엄마일지도 모른다. 결혼을 하지 않고 성경에 나오는 에스라 성경학자처럼 살고 싶었는데… 유명한 베스트셀러 작가가 되어 살고 싶었는데… 나의 잘못은 뒤로 한 채, 남편보다도 아이들에게 훨씬 커다란 배신감을 느꼈다. '어찌 이럴 수가…' 나의 이상형도 아닌 남편과의 결혼생활…

천왕동 마을에서 그래도 봄이면 낭만스러운 것은 조경하는 분의 밭에서 하루 온종일 냉이를 뜯었던 기억이다. 가을이면 그 윤기 나는 도토리를 줍거나 산 밤을 이른 새벽부터 줍는 것들이었다. 나도 내 아이들도 그곳에서 산 밤처럼 예쁘게 토실토실한 작은 추억들을 그나마라도 가슴속에 담아가기 시작했다. 남편은 한두 달 전부

터 광명시에 있는 시댁으로 나와 아이들을 데려갈 것을
누누이 얘기를 해오긴 했었다.

어느 가을날 오후, 집을 꾸밀 재료들을 밖에서 구해왔
을 때였다. 집안에 들어서자 왠지 휑한 느낌이 들었다.
아이들이 보이질 않았다. 그날은 무슨 정신인지 모르지
만, 딸애가 다니는 학교의 선생님께 전화를 걸어보았다.
어떻게 하면 제 아이들을 광명시의 시댁으로 전학을 하
지 않고 제가 그 아이들을 돌볼 수 있는지를 여러 각도로
물어보았다. 자문을 구하는 내게 선생님은 실망스런 답
을 들려주고 계셨다.

"요즘 학교추세가 아이들의 원래 주소지에서 공부를
시키는 방침이라서요… 소희 어머님, 저희가 어떻게 해
드릴 방법이 없네요. 제가 이런 상황들을 참 많이 겪어봤
는데, 아이들로 인해 시댁 식구들과 아이의 엄마 사이에
서 싸움이 생기면 결국 양쪽 당사자들도 상처를 깊이 입
게 되지요. 무엇보다 가장 상처를 많이 받는 것은 엄마와
아빠 그 사이에 있는 어린아이가 된답니다.

그러니 이번 한 번만 괴롭더라도 소희 어머님이 한번
양보를 하세요. 그러다 보면 먼 훗날 소희 어머님도, 아

이들도 좋은 날이 올지도 모르잖아요."

마음에 내키진 않았지만 선생님의 조언을 들어보기로 마음을 먹었다. 아이들이 상처 입는 것을 피하기 위해서 나는 먼발치에서 아이들을 원격 지도하기로 마음을 먹었다.

남편은 효자인지라 아이들을 자신의 어머님이 계신곳에서 자신의 친 피붙이인 동생들 곁에서 자라나게 하고 싶었으리라. 나의 생명 같은 자식들을 그곳으로 데리고 가면, 너도 별수 없이 시댁으로 돌아올 테니까 그런 마음이었으리라. 그러나 나는 그런 남편을 약간은 이해할 수는 있었다. 그러나 늘 술에 취해서 이 거리, 저 거리를 헤매고 다니는 시어머니의 모습… 그 술에 취한 시어머님이 밤 11시쯤 자신의 비밀스런 사랑 때문에 온 동네방네 자신의 친구들, 도깨비 군단을 몰고 와서 "며느리야, 술상 차려라."라고 무례한 행동을 일삼고, 게다가 시댁 식구 중 둘째 시동생만 빼고 신랑까지 합쳐서 과소비, 부조리한 모습들을 시집온 뒤로 몇 년 동안 보아온 탓에 시댁이라면 나는 지나가는 지푸라기 모습으로라도 바라보기가 싫었다. 과소비만이 문제가 아니었다. 무남독녀 시누이는 틈만 나면 시댁에 와서 조금도 일하려 들지 않고 양식이나 생활비 모든 것을 축내거나 하는 짓도 못마땅했다.

특히 아이들의 백일 때나 돌 때 받은 금반지나 금팔찌 등을 종종 다 뒷박째로 훔쳐 가니 그들 곁에 있다간 그들의 무례한 기운 탓에 내 명도 제대로 살아낼 것 같질 않았다. 아이들은 아이들대로 어리기에 엄마의 손길이, 품속이 너무도 절실히 필요할 때였다.

나는 그렇다 하더라도 내가 살아야만 한다고 생각했다. 내 목숨이 소중한 까닭도 있지만, 내가 존재해야만 그 아이들이 필요충분조건의 삶을 도와줄 수 있지 않을까? 다행히 아이들이 똘망똘망하니까 함께 견뎌낼 수 있지 않을까? 그런 생각을 하며 그 밤을 거의 뜬 눈으로 지새웠다.

그 이튿날은 마로니에 전국백일장이 혜화동의 문예진흥원이 있는 곳의 마로니에 공원에서 개최되는 날이었다. 아이들 문제로 일단 백일장 문제는 뒤로 접고 오류동에 있는 오류남초등학교로 버스를 타고 가보았다. 학교

교문 앞엔 떡대처럼 큰 온갖 무지함은 한 몸에 다 지닌 채로 아무 생각 없이 형의 명령에 따라 무조건 순종하는 막내 시동생이 남편의 자동차에 앉아 있는 모습이 보였다. 눈을 감고 싶었다. 보고 싶지 않았다.

그 모습을 뒤로하고 교실에 헐레벌떡 올라가 보았다. 내가 그토록 역겨워하는 시누이가 내 딸을 데리고 오고 있었다. 좀 전에 선생님과 작별인사를 나누는듯해 보이는 표정으로… 나는 선생님과 인사를 나누고 싶었으나 참았다. 내 딸을 뺏어오고 싶었지만 그것도 눈 꾹 감고 참아냈다. 그리고 온갖 마음이 다 빼앗긴 생명체 같은 모습으로 마로니에 공원을 향해 발걸음을 돌렸다. 백일장을 치를 수 있는 마음 상태가 아니었건만 그곳으로, 그곳으로 향했다. 이제 남은 희망은 하나님을 믿는 신앙심… 그리고 '문학만이 내 허전한 공간을 채워 줄 것이고 메워 줄 것이다.'라는 생각밖엔 없었다.

그때는 IMF시대였음으로 내가 문예진흥원의 마로니에 공원에 도착했을 땐 아무 기념상품도 내겐 없었다. 참가비 2000원만 내고 글을 쓰게 되면, 기념품인 한오백(갱년기 여성용 약품)과 박카스 몇 병, 써큐란(혈액순환제)

도 받을 수가 있었다. 그러나 기념품들은 하나도 남아 있지 않았다. 어려운 살림 탓에 모두 그곳으로 모여들었기 때문이다. 난 글을 쓸 수도, 그 무엇도 할 수 없는, 생명체 있는 바람이 아닌 생명체 없는 바람인 양 그냥 우두커니 있으면서도 원고지를 받아들였다. 무엇을 어떻게 무슨 제목으로 썼는지 지금도 생각이 나질 않는다. 어떤 음식물도 내 것이 아닌 듯 난 그날 무언가 먹은 기억조차도 없었다.

2부 순서로 문학 강의가 있을 때 황금찬 시인이 나타나셨다. "여러분 중에 누구 한 분 시낭송을 들려줄 사람이 있을까요? 꼭 한 사람만 시낭송을 들려주세요. 두 명도 안 됩니다!" 황금찬 시인께선 몇 번씩 그 말씀을 하셨다. 그 이유는 자신이 가지고 온 시집이 단 한 권뿐이라서 그렇다고 하셨다. 나는 본래도 용감스러워서 어디서나 시낭송가는 아니지만, 늘 시낭송을 한 적이 있긴 하였다. 많은 사람 앞에 동요를 들려 드리거나 율동을 보여드린 적이 자주 있긴 했던 나는 문학도들 중에 제일 먼저 손을 번쩍 들었다. "제가 들려드릴게요." 시라도 낭송을 하지 않으면 심장이 터져서 죽을 것 같은 그날의 그 느낌…

그랜드케넌

김연복

거대한 계곡 그랜드케넌
너의 주인은 어디 있는가
너의 진짜 주인 말이다
아무도 없다고 말하라
정녕 주인은 아무도 아니라고 말하라
이 시대의 인간이 감히 너의 주인이라고
그 누가 우길 수 있으랴 너의 진정한 주인이라고.

나는 지금 여기에 한 사람의 행인으로 서있노라.
만일 내가 먼 지난날 여기에서 태어났다 해도
한 인간인 나는 나그네였으리라
아아! 그러나 그랜드케넌.
너무나도 맑게 씻긴 빈 집이여.

타오르는 열사의 태양 아래
나도 조금은 그을려
붉게 탄 이마를 만진다
순간 기이하게도 네 역사의 배설물이
그리워지는 것은 무엇 때문일까?

베링해협 너머에 있는
또 다른 대륙을 연결하는
노오란 네 역사의 배설물.
그것이 오늘날 내가 앓고 있는
열병의 신약이 될 것만 같다
내 오랜 지병의 유일무이한
처방이 될 것만 같다.

　이 세상에 내가 낳은 자식도 내 자식이 아닌 양 뺏어
가는 세상… 차라리 홀가분했다. 이 세상 것 다 느껴본
솔로몬 왕이 지은 전도서 톤의 시 그랜드케년을 조금 다
른 분위기로 나는 토해내고 있었다. 난 내가 낳은 자식도
내 자식이 아닌 것을 그때 처음 깨달았다. 청중들은 나의

시낭송에 모두 집중하고 있는 듯해 있을 때쯤… 내 옆의 한 여자분이 손을 들었다. 저는 시집을 한 권 주지 않더라도 시를 낭송하겠다고. 그분도 자신의 시 아닌 시로 시낭송을 들려주었다. 그리고 문학 강의는 시작이 되었다. 나는 그때부터 내 이름에 새로운 별명이 생겼다. 문예진흥원 사람들과 후원사 중 동아제약사람들이 나의 별명을 '그랜드케년'이라고 불렀다. 시낭송이 끝나고 나서 황금찬 시인으로부터 그분의 시집 『물푸레나무』라는 시집 한 권을 선물로 받았다. 그 시집 한 권은 여름날의 장맛비 같은 내 슬픔을 자작나무가 되어 자작자작 활활 태워 주었나봅니다. 그날 시인이 시집 한 권을 주었다는 것이 슬픔을 당한 나에겐 엄청난 위로와 평안이 되어 내 허한 마음에 약간의 행복한 마음으로 깃들었습니다.

혼자 남게 된 나의 집 천왕동에 돌아왔을 때 갑자기 전화벨이 울렸습니다. 전화기 너머로 들려온 축하의 음성… 나의 글 롤 모델인 차갑수 선배님!

"영자씨, 다른 땐 잘못 봤는데 오늘의 시낭송 너무 너무 좋았어, 최고야 최고!"

나는 그분의 찬사에도 "그래요. 고맙습니다."라는 허

탈한 언어를 내뱉었다. 나의 슬픈 날에 내 친구 되어주신 황금찬 시인님… 당신이 건네주신 시집 한 권이 큰 위로가 되었던 걸까요? 동화, 소설가, 시인, 수필가가 먼저 되고 싶었는데 시인이란 이름표를 먼저 달고, 등단 시집을 들고 문학의 집 서울에서 열린 당신의 백세 잔칫날에 저도 참석을 하게 되었습니다.

그때 당신이 청중분들께 감사의 표현으로 동요를 부르셨지요.

"푸른 바다 건너서 봄이 봄이 와요. 제비 앞장 세우고 봄이 봄이 와요. 제비 앞장 세우고 봄이 봄이 와요."

그날 이후 그 기운으로 전 신사임당 백일장에서 동화를 써서 입상을 하게 되었고요. 당신이 아카시아 향기 가득하던 올봄 5월의 봄날에 가시던 날, 당신의 장례식 예배, 안성의 가족묘지까지 저도 따라가면서 당신의 아드님, 며느님, 친분이 두터우셨던 분들께 당신처럼 저의 시집을 선물로 드릴 수 있었습니다. 저의 첫 시집 『시는 내 것이 아닌 줄 알았다』를요.

"황금찬 시인님! 페튜니아 꽃말처럼 그대 곁에 가면, 당신 곁에 가면, 편안함을 느꼈습니다. 언제까지나… 언제까지나…" 당신곁에 오래 머무르지 못했어도 당신은 겨레의 커다란 느티나무였습니다. 백 년 동안 햇살, 비바람을 맞은 큰 거목 느티나무… 봄의 햇살을 마냥 받은 느티나무 잎은 오늘도 햇살을 받으면 황금 모래알처럼 아름답게 반짝이고 있을 테지요. 그 곁에 내가 있고, 네가 있고 우리 민족의 기운이 흐릅니다.

예전에도 윤석중 선생님이 너무 보고프고 그리워서 기절할 것만 같은 기운으로 낙담한 적이 있었지요. "황금찬 시인님! 저요, 당신께서 살아생전에 시인들을 많이 길러내셨듯이 제게도 그런 기운들이 많이 생겨난 것, 하늘나라에 계신 당신께 소식 전하고 싶습니다."

당신이 살다가신 그 세상을 저도 당신처럼 황금종을 울리며 살아가고 싶습니다. 제가 살아있는 동안 황금찬 선생님처럼 친정 아버님과 같은 기운으로 당신의 또 다른 모습으로 살고 싶습니다. 세상 모든 사람이 기억하고 픈 작가로서 시인으로서 말이지요. 하늘나라에서 저의 이런 모습 보시고 봄의 햇살처럼 빙긋이 웃음 날려 주실 거죠? 황금찬 시인님…

이 소설로 '소설문학상'을 받았네요. 제가 시를 진즉에 썼더라면 황금찬 시인을 좀 더 가까이서 오랫동안 뵙지 않았을까요? 많이 보고 싶고 그립습니다. 선생님 사랑합니다. 제가 '소년 소녀 가장 수기' 독후감 공모전에 낸 글을 읽으시고 심사하셔서 처음으로 제게 상을 받게 해주신(윤석중 선생님 다음으로 말이지요) 황금찬 시인님께서 '문학의 집 서울'에서 100세 잔치를 치르실 때 가까스로 기억을 살리셔서 청중들에게 감사를 드리시고 동요 한 곡을 부르셨지요.

푸른 바다 건너서 봄이 봄이 와요
제비 앞장세우고 봄이 봄이 와요

전 지금도 이 동요를 부르시던 선생님을 잊지 못합니다. 시인님께선 시로서 절 위로도 해주셨지만, 제게 동화를 쓸 수 있는 마음까지 선물로 주시고 가셨으니까요. 2016년 신사임당 백일장에서 전 「오월의 숲」으로 동화를 써서 수상을 했어요. 선생님께서 마지막 부르셨던 그 동요로 시작을 해서 말이지요.

요강이 깨지던 여름날의 추억들은

요강이 깨지던
여름날의 추억들은

　나의 엄마는 타고난 이야기꾼이었을까? 자식들을 기르시는데도 텃밭처럼 풍성하고 재미난 이야기 감으로 우리 집 사립문을 울타리처럼 단단히 만드시고 그 이야기가 가끔은 샘물같이 흘러넘쳐 집 밖으로 새어 나오게 하였다. 어렸을 땐 나 자신도 엄마의 그토록 많은 이야기를 듣고 자라났어도 엄마의 존재를 깊이 깨닫진 못했었다. 엄만 허리나 다리가 아플 때면, 내 작은 발로 자근자근 밟아 달라고 종종 말했다.

　대신 그런 날들은 내게 이야기 하나하나를 그날의 용돈처럼 내게 풀어 놓으며 들려주었다. 나는 그 재미있는 이야기들을 놓칠세라 몸이 힘든 것도 모르고, 엄마의 허리를, 다리를 내 작은 오른발 왼발로 번갈아 밟기도 하였고, 때로는 나의 작은 손으로 조물조물 만져 줄 때도 참 많았었다.

그런데도 아둔한 나는 엄마가 학교 근처도 가보지 않았기에 글을 잘 읽거나 쓸 줄을 모르니, 엄마가 소설가 기질을 가졌으리라는 생각은 단 한 번도 해본 적이 없었다. 가끔가다가라도 엄마는 음악공부를 누군가에게 배운 적도 없었다. 목소리도 안 좋고 음정도 박자도 엉망인 노래 가사는 흔히 여염집 사람들이 듣기 힘든 그런 가사요. 가락이었다. 그 노래의 가사는 이렇다.

우리 엄마 날 낳아서 뭐 할라고 낳았나
고대광실 정경부인 되라고 낳았더니.

이 노래를 부를 땐, 엄마의 처녀 시절 꿈이 보이는가 하면, 지금 처해 진 환경을 한탄하며 부른 노래만 같았다. 노래 속에 담긴 '정경부인'이란 뜻을 잘 모르기도 했지만, 엄마에게는 한 번도 묻지 못했다. 그냥 평범한 인물보다는 약간 부자이고 권세가 있는 사람의 부인 정도로만 느꼈을 뿐이다.

엄만 언제 누구에게서 어떻게 그 노래를 만나서 알게 되었을까? 난 그 노래 가사 말을 68년 동안 살아오면서 읽어 본 적도 누군가에게서 들어 본 적도 없는데, 엄마는 어디선가 들은 그 노래를 자신의 머릿속에 저장하신 것은 아닐까? 그리고 남편 부양하고 자식들 돌보시느라고 힘이 부칠 때 자신만이 알고 있는 노래를 위로 삼아서 부른 것은 아닐까? 생각도 해보았다. 아니면 엄마 스스로가 비록 한글은 모르지만, 노래의 가사 말을 직접 짓고 자신만의 음정 박자를 만들어서 부른 것은 아닐까? 그런 궁금증을 지닌 채로 살아왔다.

엄마는 그렇다 손치더라도, 아버지 역시 초등학교의 문턱에도 가본 분은 아니었다. 그래도 아버지의 아버지인 할아버지는 그때 당시 한문을 가르치시는 훈장이었다는 말을 아버지께 얼핏 들은 적이 있다. 아버진 다른 학생들과 함께 자신의 아버지께 한문을 약 한 달 반을 배운 적은 있다는 말은 종종 들어왔다. 그 한문을 배우는 동안 아버지의 한문 실력은 다른 아이들과 판이하게 달라서 시험을 볼 때마다 늘 그곳에서 거의 1등을 차지했다고 했다.

그렇다면 아버진 한글을 언제 어디서 배운 것일까? 혹시 독학으로 한글을 깨우쳤을까? 그것은 나도 잘 모른다. 아버지께 직접 그것을 물어본 적도 없고, 아버지가 일부러 이야기를 따로 해준 적도 없다. 그런 아버지가 유년 시절에 삼국지를 7번이나 읽었고 워낙 총기가 있는 분이라서 누구라도 만나면, 신나게 들려주곤 했다. 난 삼국지를 정독은 안 했지만 유비, 조자룡, 조조 등의 이야기와 삼국지의 줄거리를 아버지가 늘 다른 사람들에게 들려주는 모습을 듣고 보고 자랐다.

난 아버지가 너무도 좋아하시는 책이라서 괜스레 아버지의 삼국지를 성년이 된 후 그리고 결혼 후에 아버지의 특별한 재산 같아서 집으로 가져온 적이 있었다. 그때 아버지께서 "야야, 그건 가져가면 안 된다. 내가 그 삼국지를 얼마나 아끼는지 너는 모르지?" 이런 말을 하기에 아버지, 걱정마세요. 제가 얼른 읽고 다시 가져올게요. "그래. 너 꼭 가지고 와야 한다." 네, 알았다니까요, 아버지. 난 사실 가지고 가긴 했지만, 다 읽지 못하고 아버지께 다시 돌려 드렸다. 아버지는 유독 둘째 딸인 나를 예뻐했다. 그런데도 그 책을 내게도 주지 않고 아버진 돌아가시기 직전까지 그 낡은 삼국지 책을 '애장 도서'로 아버지 곁에 두고 보고 또 보았다.

나는 유년 시절부터 짧은 시 보다는 긴 동화나 소설, 수필을 더 좋아했다. 책을 읽기도 좋아하고 남에게 들려주기도 좋아했다. 그래서 어른이 되면 동화작가나 소설가, 수필가가 되어 있을 거라는 생각도 그때부터 한 것 같다. 우연히 취미가 같은 한동네의 약국집 큰딸, 한 학년 후배인 문봉희와 만날 때마다 각자 다른 책을 읽고 와선 서로가 그 이야기를 들려주는 일들을 서로 아주 좋아했다. 서로가 서로에게 어린 전기수(傳奇叟) 소녀가 된 것처럼 날이 어둑어둑해질 때까지 집 근처 교회 넓은 마당의 한구석에서 그렇게 이야기를 들려주길 좋아했다.

그런 일들을 즐겨했기에 난 늘 학교 도서관에서 다른 아이들이 다 가고 난 뒤에도 책을 읽고 돌아오곤 했다. 어떤 땐 책에 몰두한 나머지 밖엔 비가 오고 저녁이 될 때가 종종 있었다.

집으로 돌아오는 길옆엔 서너 개의 묘지가 있었는데 거길 혼자서 지나와야만 한다. 혹시 그 근처를 오다가 귀신이라도 만난다면… 어린 시절 유난히 난 겁이 많았다. 책 읽기를 무척 좋아했고, 봉희와의 그 약속을 지키기 위해 그 무서움도 즐겁게 참아내야만 했다. 어린 시절도 그렇고 커서도 멋진 동화나 소설 쓰길 더 갈망한 것 같다. 하나님의 특별한 간섭으로, 시에 보쌈을 당해서 어쩌다 황당하게도 시인이 먼저 되긴 했지만, 소설책을 내기도 전에 시집도 두 권이나 먼저 출판하기도 했다. 그러나 언 제나 내 마음은 멋진 이야기꾼으로 남고 싶다. 난 나의 그런 유전자를 아버지로부터 물려받은 줄로만 알았다.

나의 엄마는 눈이 산골 논두렁만큼 크시고 성격은 섬 세하시기도 하지만, 때론 아버지의 온화한 온기의 기운 보다 과격하고 드세셨다. 자녀 훈육방법도 독특하셨다. 외모도 행동도 다른 엄마들과 현저하게 달랐다. 그래서 난 엄마가 친엄마가 아닌 계모도 아주 나쁜 계모로 여기 고 친딸이 아닌 계모 밑에서 자라는 아이처럼 살았다.

엄만 자식들이 아침 늦게까지 잠자는 모습을 결코 두 고 보진 않으셨다. 새벽에 일어나서 공부해야 공부가 잘 된다고 우리 형제 모두를 깨우셨다. 가끔씩은 대놓고 이 런 말씀까지도 하셨다. "왜 나만 새벽에 일어나서 일을 해야만 하느냐고 그것이 난 너무 억울해서 못 살겠다 고… 그러니까 너희들 모두모두 다 일어나서 공부를 하 든 어떤 다른 일들을 좀 하라고…" 어릴 땐 그런 엄마의 말투가 여리고 착한 나임에도 불구하고 귀에 많이 거슬렸다. '다른 엄마들도 우리 엄마 같은 표현을 할까?'란 생각을 했다. 그뿐만이 아니었다. 물길이 먼 탓인지 늘 물을 둘째 딸인 내가 학교에서 돌아온 후엔 우물에서 물을 길어오게 하거나 집안의 빨래를 종종 빨아오게도 하셨다. 그것은 엄마가 늘 병약한 탓도 있었다.

서울로 간 맏딸을 빼고 나면, 제일 만만하게 일을 시킬 인물은 나였으리라. 어릴 땐 유난히도 나는 착하다는 이야길 참 많이 듣고 자랐다. 부모님에게도 이웃 사람들이나 친구들에게도… 형제 중에도 제일 만만한 사람이 나였으리라. 행동이 좀 느리긴 하여도 누구에게나 순종 잘하고 함부로 바른말 따박따박 하지 않는 그런 존재의 아이였었다.

엄마는 종종 우리 4형제들이 새벽에 잘 일어나지 않으면, 쌀바가지인 플라스틱 바가지에 물을 한 바가지 퍼갖고 오셨다. 잠을 조금이라도 더 자려고 몸부림치는 나와 동생들을 깨우시는 엄마만의 특단의 조치요, 방법을 쓰시려고 작정을 하고 오신다. 엄마는 우리에게 급히 오셔서 이불속으로 파고들어 잠자는 우리를 깨우려고 이불을 거둬 치고선 한 명씩 얼굴에 바가지의 찬물을 손으로 끼얹곤 하셨다. 그런 일이 벌어질 때마다 우리는 그 찬물 세례를 받지 않으려고 "아이 차거워, 아이 차거워" 하며 이불 속으로 다시 파고들었다. 서로 그 찬물이 싫어서 그때부터 이불을 끌어당기기를 줄다리길 하듯이 죽기 살기로 한다. 하지만 아이들 여러 명이라도 어른인 엄마를 이겨낼 순 없었다. 이미 찬물 세례를 받았고 이미 우리 사 형제는 엄마의 그 작전에 말려들어 잠이 다 깨고 만 상태가 되고 말았으므로… 우리 사 형제는 다 그러려니 하고 그 어린 시절을 보냈고 견뎌냈다.

엄마는 어린 날의 그 달콤하고 맛있는 우리들의 잠을 다 갈취해간 마녀나 계모 같았다. 하지만 그래도 우린 어리고 무엇을 어떻게 해서 살아가야 할지 모르는 어린아이들인데… 난 엄마의 딸이지만, 딸이 아닌 엄마의 일을 거들며 사는 노예, 작은 하인이었다. 늘 엄마처럼 병약한 아이. 성적표에 체육점수는 잘하면 언제나 양, 양, 양, 못하면 항상 가, 가. 가, 가인 둘째 딸인 나…

엄만 집에서 절대로 쌀뜨물이라도 나에겐 세수를 못하게 하였다. 꼭 30분도 더 되는 냇가로 세수하러 보냈다. 그것도 등교하기 전에 말이다. 난 늘 마음에 소원이 두 가지 있었다. '제발 아침잠 한 번 엄마의 간섭 없이 느긋하게 푹 자 보는 것, 그리고 제발 쌀뜨물이라도 좋으니 학교 가기 전에 시냇가가 아닌 집에서 세수하고 학교에 가보는 것. 과연 그 꿈은 나의 생전에 이뤄질 것인가?' 그렇게 나의 암담한 날들이 다가오고 지나갔다.

어느 날이었다. 그날은 몸도 찌뿌둥하고 무겁고 아팠다. 엄마가 그날도 냇가로 세수하러 갔다 오라고 깨웠다. 나는 그날만큼은 엄마가 나를 좀 그냥 놔두길 원했다. 잠이라도 푹 자고 나면, 몸이 좀 풀어져서 몸이 가볍고 아프지 않을 것만 같았다. 무엇보다 감은 눈이 좀처럼 떠지질 않았다. 워낙 착했던 나는 엄마에게 나의 몸 상태를 설명도 하소연도 못 했다. 잘못하면 엄마에게 꾸중을 들을 것도 겁이 났고, 얘는 핑계도 잘 둘러댄다는 애매한 소릴 들을 것만 같았다. '아. 내 운명은 어찌 이렇담… 남들은 돈 한 푼 안 들이고 실컷 자는 잠, 제대로 한번 못 자 보고, 쌀뜨물 세수도 집에서 한번 못 해보고…' 이렇게 힘든 세상 언제 죽을지도 모른다는 생각마저 들었다.

친구들과 널뛰기를 해도 몸이 너무 허약했던 나는 몸무게가 너무 가벼워서 상대방 친구가 발을 한번 구르면 내 몸이 하늘로 붕 떠서 내 두 신발자락 끝이 초가지붕 추녀 끝에 맞닿을 정도였다. 나의 몸체는 내려올 때 널판을 제대로 밟을지 어쩔지도 모른 채 작은 미풍에도 지푸라기처럼 흐느적거리다가 겨우 나의 널판에 발을 정착시킬 때가 참으로 많았다. 그럴 때마다 나는 '휴 한숨을 쉬며 참말로 다행이다. 내가 널을 뛰다가 다치지 않아서, 다음엔 친구들이 널뛰기를 같이 하자고 해도 절대로 난 안 할 거야. 친구들은 괜찮아도 내겐 너무나 위험천만한 놀이일 뿐이야.' 되뇌이곤 하였다. '아마 난 몸이 너무 허약해서 내가 이 세상에서 제일 오래 산다고 해도 30세일 거야. 엄마가 나를 너무 힘들게 해서 30세 전에 이 세상에서 없는 인물이 될지도 몰라.' 그런 내 몸과 마음의 상태를 조금도 헤아려 주지 않는 엄마가 참으로 야속했다.

'과연 내 앞에 있는 엄마는 진짜로 내 엄마가 맞을까? 우리 5남매는 모두 눈이 작고 눈꼬리가 올라갔는데 엄마의 눈은 너무도 크고 우릴 닮지도 않았잖아…' 그리고 화낼 때의 엄마 모습은 너무도 무서웠다. 암담한 생각에 울고만 싶었다. 쓸쓸했다. 그땐 유달리 말이 없고 차분한 나는 아무 내색도 못 한 채 속수무책으로 몸과 마음으로 상처를 받기도 하고 겪어내기도 했다.

'아마 우리 엄만 계모가 분명해. 그렇지 않고서야 어떻게 병약하고 어린 나에게, 더군다나 자신의 몸도 추스르기 힘든 오늘 같은 날에 시냇가로 가서 세수를 하고 오라 하다니…'

그것도 그냥 맨몸으로 갔다 오는 것도 너무도 싫은데 엄만 세숫대야, 그것도 스테인 요강도 아닌 하얀 사기로 된 요강과 걸레까지 덤으로 얹어주셨다. 마치 그 일이 원래부터 나의 일 인양 나에게 미안한 기색도 없이 태연하셨다. 조심해서 다녀오라는 말조차도 엄마에겐 사치였을까? 난 엄마의 그런 행동, 언어 하나하나가 마땅치 않고 낯설게만 느껴졌다.

난 모든 것을 어린 나이에 체념했다. 눈은 계속 감겨 오지만 두 눈을 두 손으로 부비면서 내가 사는 집 분수골에서 꼬불꼬불거리는 신작로를 뛰어가지도 못하고 중간

걸음으로 가고 있었다. 바람에 검은 탄재가 내 몸에 날리는 것을 꺼리지도 못한 채로 그렇게 힘없이 터덜터덜 걸었다. 이 세상에 아무도 자기편이 없는 엄마 없는 아이, 꼭 고아 같았다. 이제 겨우 나는 10살인 꼬맹인 셈이다. 다행히 냇가에서 빨래 빠는 것은 너무도 좋아하여 나의 별명은 또랑 영자이다. 잠은 쏟아지는데도 머릿속은 시계추의 바늘로 돌아가고 있는 느낌조차 막연하지만 약간은 신기하기도 해졌다.

여름이긴 하지만 한동안 비가 오지 않은 그런 무렵이었다. 그런저런 생각을 하며 걷다 보니 어느새 전에도 늘 다녀왔던 기찻길 밑으로 흐르는 시냇가가 있는 산성우리 쪽으로 거의 다 가고 있었다. 그곳으로 가까이 다가오니 처음 길을 나섰을 때와 마음이 확연히 달라지고 있었다. 태어날 때부터 직가의 캐릭터로 태어난 것 같은 나는 과연 탄생하자마자 그때부터 또랑의 또랑 영자였을까요? 시냇물을 바라보자마자 나의 영혼의 본향을 찾은 느낌이 들었다.

일단 세숫대야를 끼고 왔던 한쪽 옆구리에서 내려놓

앗다. 그것만 내려놓아도 몸이 한결 가벼워지는 것은 무엇 때문이었을까요? 무거운 세숫대야, 어쩌면 너무도 깨지기 쉬워 내 딴엔 조심스레 가져온 그 하이얀 사기요강 탓일지도 모르겠네요. 하지만 나 또랑 영자만이 그것을 미처 그때까지 눈치채지 못했다. 그건 쏟아지는 잠 때문이었으리라.

어서 빨리 흐르는 시냇물에서 얼굴에 세숫비누 칠을 해서 깨끗하게 씻고, 요강도 흐르는 물에 깨끗이 그물로 씻어서 여러 번 물로 헹구고 다시 그물 수세미에 비누칠을 듬뿍 칠해서 요강을 씻어 놓을 마음으로 마음이 갑자기 바빠지기 시작했다. 시냇가엔 어른들도 이이들도 아무도 없었다. 날 때부터 또랑 영자란 이름을 들어야만 하는 운명의 어린 소녀만이 그 시냇가의 주인공인 양 바라보며 시냇가에서 그 자리를 그 꼭두새벽에 그림처럼 홀로 오롯이 지키고 있었다.

이 모든 일을 하려고 시냇가의 시냇물을 바라본 나는 깜짝 놀라고 말았다. '아뿔싸, 세상에나 왜 이리도 물이 없는 거지?' 생각을 해보았다. 왜 난 그것을 지금껏 몰랐을까? 여름 가뭄이 너무 길어지는 바람에 그만 시냇가의 물이 거의 바닥을 드러냈다. 허리를 굽혀서 두 손으로 물을 움켜잡아서 아주 적은 물로 얼굴을 씻기에도 그 물은 너무도 부족했다.

예전엔 시냇물의 소리도 콸콸 힘차게 흘렀었다. 물의 양도 많아서 여러 동네(분수골, 산성우리) 사람들과 그밖에 지나가는 사람들이 목을 축이거나 목물을 하든, 빨래를 하든, 발을 담그고 가든, 어떤 사람들이 와서 물가에서 물이 필요해서 무엇을 한다하여도 넉넉한 물의 양이 흐르던 곳이다. 수채화 그림으로 표현하고만 싶어지는 그 시냇가는 강물처럼 깊지는 않다.

시냇가는 야트막하긴 하지만 넓고 물이 흐르는 넓이도 폭도 꽤나 길게 이어진다. 그 물줄기를 따라 따라가다 보면, 정동국민학교 앞의 푸르고 깊고도 깊은 강으로 이어지는 물줄기이다. 그 강은 다시 정동진의 바다로 이어지는 그런 물줄기였다. 그런데 그 물이 이토록 말라서 세수하기도 힘이 들고 약간의 걸레와 요강을 부시기에도 턱없이 모자라는 물이 되어 버리다니… 하늘의 조화를 좀처럼 알 수가 없었다.

물이 없다고 가만히 있을 수도 없는 노릇이 나 또랑

영자 앞에 새로운 과제물로 놓여있다. 빨래가 아주 많은 것은 아니지만, 너무나 적은 양의 물에 나는 한동안 기가 막히고 어안이 벙벙 해왔다. '이제 어떡한다지…' 나 영자 인생에 처음 겪는 일이라서 처음엔 대책이 서질 않았다.

'도대체 물은 없는데 물이 많아질 수 있는 방법을 찾을 수는 있을까? 혹시 돌멩이를 다른 곳으로 던져 치워 버린다면, 물이 좀 고여서 오늘 아침 시냇가에 온 목적을 이룰 수 있진 않을까? 그래 맞아. 그 방법이 괜찮을 듯하네. 난 역시 머리가 좋은 아이인가 봐…' 생각이 여기까지 미치자 나는 주저 할 것도 없이 내 앞의 시냇물 속에 있는 돌멩이들을 손으로 건져서 다른 장소로 휙휙 던져 버렸다. 돌멩이들을 치우자 내 생각대로 어디선가 물들이 모여와선 돌멩이들이 처음 있던 자리를 흥건하게 채워지고 있었다. 참으로 신기한 그 광경을 그 시냇가에서 나는 내 눈으로 직접 보았다.

나는 금세 신이 나서 좀 더 깊은 곳의 돌멩이들을 건져내선 휙휙 다시 내 맘대로 여기저기 마구 던져 버렸다. 내 앞에도 뒤에도 주변 가까운 곳엔 아무도 없었기에, 다칠 사람이 없었던 까닭에 그런 행동들이 자연스레 나왔나 봅니다.

돌을 막 이곳저곳으로 던지는 와중에 갑자기 쫘 악, 쨍그랑 항아리 깨지는 소리가 내 귓전에 들려왔다. 나는 별 신경 안 쓰고 나의 하던 일을 계속하고 있었다. 다만 어느 집 항아리가 이 꼭두새벽부터 깨지나 보다. 누군지 모르지만 그 항아리를 깬 사람도 대단히 부지런한 사람임에 틀림이 없을 거야. 이 새벽부터 항아리가 깨지는 소릴 들려오게 하는 것을 보니 말이지.

난 엄마에 의해 강제로 일찍 이곳에 왔는데 조금 전에 그 항아리를 깬 사람은 남자일까? 여자일까? 어른일까? 아니면 나처럼 어린아이일까? 그 항아리는 왜 이른 새벽에 깨뜨린 것일까? 그 항아린 빈 항아리, 아니면 고추장이나 된장 항아리. 간장 항아리… 그 항아리가 빈 항아리든 내용물이 담겨있는 항아리든 깨졌다는 것은 아무튼 걱정 중에 걱정이다. 특히 그 항아리에 내용물이 가득 담겨있다면, 더더욱 큰일이다. 부디 항아리가 아닌 작은 사기그릇이길 바랐다.

왜냐하면 이곳은 산골이라서 큰 항아리를 다시 사려면, 돈도 돈이려니와 교통편이 어려워서 항아리를 운반하기가 매우 어려울 텐데… 남의 일이라고 신경을 안 쓴다고 생각을 하면서도 마음속에선 궁금증이 여름날 뭉게구름처럼 조금씩, 조금씩 피어올랐다. '그 일에 신경 쓰지 말자 내 것도 아닌데 뭘…' 시냇물 건너편에 작고 아담한 집이 한 채 있었다. 앙증맞고 소담스런 그 집을 전에도 늘 봐온 탓에 그 집에서 아까 그 쨍그랑 소리가 난 것으로만 철석같이 믿었기에 나는 시냇물에 손도 씻고 얼굴도 푸덕푸덕 씻을 수가 있었다. 방 걸레도 커다란 빨랫돌에 비누칠을 치덕치덕 칠해선 빨래 돌에 치대서는 흐르는 시냇물에 걸레의 검은 땟국물들을 말갛게 씻어내고 있었다.

불현듯 조금 전의 쨍그랑거리며 무엇인가 쩍 갈라지는 그 소리의 정체가 은근히 신경이 거슬렸다. '혹시, 혹시나 내 세숫대야에 담긴 요강이 깨진 것은 아닐까? 아니겠지…' 만약이라도 그런 일은 없을 거라고… 그 걱정은 내가 너무 예민하고 섬세해서 안 해도 될 걱정을 미리 가불해서 하는 것뿐이라고… 빨리 마무리하고 집으로 돌아갈 생각이었다. 그래도 자꾸만 그 소리가 왠지 나의 마음을 파고들었다. 은근한 걱정이 밀려왔다.

'혹시, 만약 그 소리의 물체가 나의 것이라면… 세숫대야 안에도 깨질만한 물건은 없을까? 아아, 있을 것만 같아, 혹시 세숫대야 속에 고이 놔둔 그 요강… 설마 요강이? 그럴 리가 없어, 요강은 뒤에 있고 나는 돌을 앞으로 던졌는데 뭘. 정말 그럴까? 설상가상으로 나는 조심해서 돌멩이를 던졌지만 그 돌멩이들이 요술을 부려서 나의 등 뒤에 있는, 세숫대야 속에 고이 놓여있는 그 사기요강을 맞아서 깨질 수도 있잖아. 정말 그런 확률은 과연 몇 프로일까?'

생각이 거기까지 미치자 홀연히 실번개를 치듯, 실벼락을 맞을 것만 같은 두려움이 순간적으로 나의 몸과 마음을 안개처럼 휩싸고 돌았다. 나는 무심코 뒤를 돌아보았다. '아뿔싸, 아니, 이럴 수가… 어쩜. 어쩜 좋니? 이 노릇을…' 평소에 무척이나 섬세하고 준비성이 있었던 터라 그 시냇가에서나 혼자 크게 고민할 어떤 일이 발생하리라고는 염두에 두지 못하고 왔다. 졸려움을 참고 이곳에 온 대가를 치룰, 새로운 과제물이 생겨 내 앞에 덩그러니 놓여있었다. 그것도 나 혼자 그 미션을 치뤄내야만 한다.

집에 있는 엄마는 이런 사실을 알까? 오늘 아침에 늘

상 주던 과제물, 과제물을 내게 던져준 엄마도 미처 예상치 못한 일이었을 것이다. 그 일을 겪고 있는 나는 너무도 황당했고 난감했다.

아까 그 쨍그랑 소리의 실체. 무엇인가 항아리나 사기그릇이 깨지는 그 꽃 잎사귀가 고운 국화 무늬가 아로새겨진 그 하이얀 요강… 매일 보는 우리 집 마루의 그 요강… 가난한 갱부 아버지와 가족들에겐 고려청자는 아니더라도 조선 시대의 분청사기 백자 같은 우리 집의 고귀한 장식품이었다. '난 이 요강 문제를 어떻게 해결해야만 하지?'

그런데 우리 엄마는 그것을 내가 평소에 보기에는 그리 귀하게 여기진 않았던 것 같아 보였다. 어쩌면 어머니의 관점은 다를지도 모른다. 스테인 요강에 오줌을 오랫동안 모았다가 요강을 부실 때면 유달리 소변의 독한 냄새가 난다. 마치 그 냄새는 암모니아 냄새처럼 격하고 숨이 차게 만들곤 한다. 그리고 그 소변을 바로 처리하지도 않고 오래 방치하고 있다가 오물을 버린 후에 요강을 물로 닦을 때면 누런 앙금이 이끼처럼 끼이기도 하고 그 냄새 역시도 시궁창 냄새는 아니어도 퀘퀘한 게 기분 나쁜 냄새가 오랫동안 나곤 했다. 요강을 처리하고 온 사람에게도 한동안 그런 냄새는 배이게 마련이다. 하지만 사기 요강은 그렇지가 않다. 물로만 헹구어도 누런 이끼 같은 것도 끼이지 않고 냄새도 한결 덜 났다. 그래서 그런지는 몰라도 나의 엄마는 스테인 요강보다 조심스런 그 사기 요강을 더 애용하곤 했다. 거의 요강이 놓여있는 위치는 안 방문 앞의 작은 툇마루였다.

어쩌면 엄마의 야심찬 다른 생각이 그 요강에 담겨 있었을지도 모른다. 엄만 다른 것은 몰라도 자신이 할 수 있는 것은 최고로 가난하게 살아도 최고로 예쁜 예술 분위기를 연출해서 자식들에게 보이려고 심히 노력은 해온 것 같았다. 우리 오 남매 중 그 혜택을 가장 많이 누린 것은 나의 첫째 언니이다. 학예회 때나 어떤 발표회가 있으면, 삼단 프릴을 달은 삼단 치마를 직접 만들어 주어 그 무대의 가장 돋보이는 주인공으로 만들어 주었다는 이야길 나의 언니로부터 여러 번 들은 적이 있었다. 그토록 예뻐 보이는 요강을 방에 고이 두지 않고, 엄마, 아버지, 특히 아이들이 볼일도 보면서 오다가다 요강의 모습 그 요강의 서민적이면서도 친근감이 가는 그림들을 자주 보게 하려고 장만하고 그곳에 두게 했을지도 모른다.

난 깨진 요강을 하염없이 바라보았다. 대책이 서질 않았다. 그런 모습들은 상상하기도 싫고 두렵고 무섭다. 그렇잖아도 오늘 내 기분이, 내 몸 상태도 최악으로 내려온 상태인데. 나는 일단 요행을 바라면서 그 황당하게 깨져 쓸모없어 보이는 요강 조각을 맞추어 보기로 했다. 임시 방편이긴 하겠지만 엄마의 그 화난 모습은 보지 않아도 되고 학교도 조용히 다녀올 수도 있을 것만 같았다.

처음 올 때 물이 없어서 돌멩이를 치워 물이 고이게 했던 지략으로 문제를 해결하지 않았던가. 난 이제 다시 지략을 발휘하려고 다시 머리를 짜냈다. 모자이크 조각 모으기를 하듯이 요강 조각을 세어 보았다. 깨진 요강의 조각은 딱 네 쪽이었다. '그래, 지금은 이 방법밖에 내겐 없어. 혹시 이 조각들이 맞기만 한다면, 오늘의 위기를 잠시라도 벗어날 수 있으련만! 오, 제발, 제발 맞춰져라.' 조각들이 맞추어지기를 간절히 바라면서 조심조심 세 쪽을 맞추었다. 그리고 가장 나중에 아주 작은 조각 하나를 가운데에 쏙 끼워 넣었다. 정확하게 조각들은 요강에 맞추어졌다. '와 조각들이 완벽하게 맞았네. 역시 난 천재인 가 봐. 최고의 해결사인가 봐.'

대충 시냇가의 일을 정리하고 다시 30분이나 되는 그 신작로 길을 걸어왔다. 갈 땐 졸려서 힘이 들었지만, 이번엔 깨진 요강이 아주 큰 걸림돌이었다. 간신히 맞추었는데 그 조각들이 다시 부서지면, 난 학교 가는 시간에 더더욱 제약을 받을지도 모른다. 그렇잖아도 지각 1순위 학생인데… 그 어떤 보석을 끼어 안고 오는 사람인 양 나는 뛰어오지도 못하고 한걸음, 한걸음을 조심조심 걸어서 집으로 왔다. 그리고 평소 엄마가 요강을 두던 곳, 그 툇마루에 요강의 조각이 망가지지 않도록 보석처럼 아무도 보이지 않을 때 사알짝 두었다. 그 깨진 요강은 나랑 약속이라도 한 듯이 바스락 소리도 안 내고 가만히 있어주었다. 마치 보물찾기를 할 때 숲속에 보물종이를 숨긴 것처럼. 나의 비밀을 봉쇄하는 수호천사처럼 그림처럼 웃고 있었다.

　나는 요강을 깬 것에 대한 죄책감으로 배고픔을 참았다. 걱정을 잔뜩 짊어진 채로 30분가량 되는 먼 신작로 길의 학교를 그래도 부랴부랴 갈 수밖엔 없었다. 학교에서 약 4시간의 수업을 받았지만 아침에 깬 요강 때문에 무슨 과목을 공부했으며, 무슨 수업을 어떻게 받았는지 도무지 생각이 나지 않을 정도였다. 친구들이 말을 걸어와도 말대꾸도 하기 싫은 꿀 먹은 병아리 꼴이었다. 집으로 돌아올 때도 혼자이고 싶어서 먼저 교실을 나왔다. 걸어오면서도 이일을 어떤 방법으로 처리해야만 할지 대책이 떠오르지 않아서 고민은 태산 같았다. '아, 어떤 계략이라도 좀 떠오르면 좋으련만. 아침에 두 가지 문제는 해결을 잘했는데, 오늘 하루를 또 어떻게 견딘담.'

그런 고민을 끌어안고 집으로 돌아왔다. 난 아침의 그 일을 전혀 모르는 척하고 싶었다. 일단은 집안 분위기를 느끼는 것이 더 중요했다. 특히 엄마가 어떻게 나오는 가에 나의 온 정신과 몸은 긴장으로 촉각을 곤두세워야만 했다. 마음은 두 근 반 세 근 반으로 가슴이 조여 왔다. 나는 그런 내색을 할 수도 없었다. 침착하자, 침착하자 되뇌였다. 달리 그 어떤 방법이 떠오르지 않았기 때문이다.

학교에 갈 때도, 학교에서 수업을 받을 때도, 수업을 마치고 집으로 돌아올 때도 온통 그 깨진, 조각난 요강 생각뿐이었다. '혹시 누가 요강이 깨진 것을 모른 채 그냥 앉아버렸다면 큰일인데…' 나의 관건은 누군가가 내가 엄마와 그 문제를 잘 해결할 때까지 그 요강에 아무도 손을 대지 않고 사용도 안 하고 아무도 그 깨진 요강 때문에 다치지 않는 것이 그날 하루의 간절한 소원이었다.

집에 돌아왔다. 다만 말없이 엄마의 표정만 살필 뿐이었다. 엄마의 입에서 그 어떤 말이 떨어져나가 그 시간을 모면할까가 제일 문제였다. 그런데 엄마의 태도는, 말씨는 너무도 의연했다. "얘야. 배고프지. 어서 밥을 먹으려무나." 하면서 친절하게 직접 밥상까지 차려왔다. 나는 계속해서 엄마의 모든 행동을 예의 주시하면서 살폈다. 엄마는 엄마대로 다 생각이 있었던지 나의 표정 하나하나, 내가 어떤 말을 하는지를 유심히 살펴보고 있는 듯했다. 요강 깬 장본인이 누군지 알지 못해서 엄마 나름의 고민이 약간 있었던 것 같다.

내가 아무런 말을 하지 않자 엄마가 내게 아주 조심스럽게 아주 다정하게 먼저 접근을 해왔다. 엄마의 그 모습은 나의 상상을 완전히 빗나가고 있었다. 그땐 몰랐지만, 엄만 추리 소설가처럼 이야기를 꺼냈다. "얘, 영자야 오늘 말이다. 어떤 일이 있었는지 너는 아니?"로 시작으로 이야기의 실타래를 풀어냈다. "네 둘째 남동생이 하루 종

일 물장수를 따라다녔나 보더라. 얘, 물장수를 따라다니
다 보니 그만 떡장수도 만났나 보더라, 아마 인절미 장수
였나 봐. 집에 와선 그 떡을 자꾸만 사 달래서 나 오늘 진
땀을 뺐지 뭐니."

엄마는 거기서 말을 멈추고 잠시 뜸을 들이며 내 얼굴
을 빤히 보며 말을 이었다.

"그런데 말이다. 네 막내 여동생 복자가 갑자기 오줌
이 마렵다고 툇마루 쪽 요강이 있는 쪽으로 급히 가고 있
었단다. 그때 제규가 말이지. 야, 비켜, 계집애야, 내가 더
급해." 하면서 먼저 오줌을 누러 갔단다. 제규가 요강에
앉자마자 그만 요강이 부스스 깨져 버렸단다. 엄만 말이
다. 이때다 싶어서 제규를 혼을 내주었단다. "야, 이 녀석
아, 떡값을 내긴. 이 녀석아, 네가 요강을 깼으니 네가 요
강값도 먼저 내고 요강이나 얼른 사오라"고 내가 혼을 냈
단다. 그랬더니 제규 녀석이 머리가 좋잖니? 가만히 무엇
인가 골똘히 생각하더니 내게 이런 말을 하더라."

"엄마, 무슨 요강이 엉덩이를 대자마자, 앉자마자 깨
어지는 요강이 어디 있어요? 혹시 이것은 분명히 누나가
한 짓 같아요. 누나 오늘 아침 냇가에 갔다 왔을걸요? 그
렇죠, 엄마?"

그러면서 누나가 학교에서 돌아오면 꼭 물어보라고 내게 신신당부를 하더구나. "얘, 영자야, 엄마가 생각해도 말이지. 이 세상에 요강에 앉자마자 깨지는 요강은 누구에게도 들어본 적도 없고 실제로 본 적도 없단다. 영자야, 이 엄마도 말이다. 암만 생각해도 제규 말도 일리가 있는 것 같더라. 이 엄마가 답답해서 진실을 알고 싶어서 그래. 영자야." 엄마 자신도 웃음이 나오는 그 상황들을 철판을 깔고 대단한 연기력을 보이고 있었다. 나 또랑 영자 역시도 엄마의 그 호된 꾸지람을 피하기 위해서 그 웃음이 나오는 엄마의 이야기를 웃음을 꾹 참으면서 듣고 있었다.

그런 나의 태도에 질렸는지 엄마가 먼저 내게 신선한 제안을 해왔다. "얘, 영자야, 난 말이다. 오늘의 진실을 꼭 알고 싶단다. 네가 오늘 진실을 내게 꼭 말해 준다면, 오늘만큼은 널 야단 안 칠 것을 이 엄마가 약속할게…" 하는 것이 아닌가. 엄마의 진지한 모습에도 난 바른말을 못 하고 엄마를 다시 한번 바라보았다. 엄마가 내가 바른말을 하면 약속을 해놓고도 야단을 크게 칠 것만 같아서 쉽게 진실을 털어놓지 못하고 속으론 끙끙 앓고 있었다.

엄만 내 표정과 나의 말 없음에 눈치를 챈 듯했다. "얘야, 너 날 못 믿니? 오늘만큼은 이 엄마를 믿어 보렴. 네가 진실만 말해 준다면, 오늘만큼은 절대로 널 야단치지 않을 것을 내가 꼭 약속한다니까. 영자야, 착하지? 이제 진실을 말해 줄 거지?"

나도 엄마의 간청과 약속을 일단은 믿어 보기로 했다. 엄마가 만일에 그 약속을 지키지 않고 예전과 같이 화를 낸다면, 나도 오늘 같은 일이 다시 발생하면, 엄마의 설득 작전에 다신 안 말려 들것이야, 이런 생각을 하면서 나는 엄마에게 오늘 아침에 그 요강 제가 깬 것 맞다고 실토하고 말았다. 마음속 한구석으론 야단맞을 것을 각오하고 한 말이었다. 나의 말을 듣고 난 엄마는 다른 날과 달리 야단은 엄마의 약속처럼 치진 않았다. 대신 앞으론 다신 그런 일이 없도록 조심하라는 당부만 들려주었다. 아마도 진실을 아셨으니 속이 후련했을 것이다. 나역시 하루 종일 걱정하던 죄책감에서 벗어나니 홀가분한 자유의 몸이 되었다.

그 일이 있고 난 몇 달 후에 난 글짓기 시간에 이 내용을 써낸 적이 있었다. 선생님께서 나의 글을 읽어 줄 때였다. 선생님도 웃음을 참지 못하는 듯이 보였다. 읽다가 그 리듬이 끊기기도 하고 선생님께서 눈물까지 흘리고 있었다. 체육 못한다고 체육대회나 운동회 때 나를 대놓고 왕따시킨 그 친구들도 그날만큼은 나의 글의 열렬한 팬들이 된 듯이 보였다. 친구들은 웃다가, 웃다가 더이상 참을 수가 없었는지 모두 책상 서랍에 자신의 머리를 처박고 듣고 있었다. 그야말로 우리 반 교실은 웃음바다였다. 그런 일이 있고 나서는 우리 반 아이들은 글짓기 시간이 되면, 시를 쓰는 친구들의 글보다는 나의 글에 유독 관심을 쏟고 있었다. 나의 글을 선생님이 읽어 줄 때마다 선생님에게 이런저런 질문들이 쇄도했다. 공부는 그렇게 잘한 것도 못 한 것도 아니지만, 재미있는 이야기꾼으론 그 국민학교를 졸업할 때까지 친구들에게 제대로 대접을 받았다.

그 추억의 사건의 이야길 내 나이 40세쯤 강원도에 있는 월간 태백에 원고를 보낸 적이 있었다. 그땐 아마추어를 한껏 즐길 때였다. 특집 어머니 코너였다. 난 '계모 같으셨던 나의 어머니'란 주제로 한 시간 동안 드르륵 글을 써서 보낸 적이 있었다. 그 글이 채택되어 월간 태백이란 책 한 권과 세금을 제하고 원고료 2만 7천 원이 들어왔다. 책 속의 제목은 주최 측에서 임의로 바꾸었던 것 같다. '쨍하고 볕들 날 부르시던 어머니'로… 그 돈의 일부인 만 원을 어머님께 용돈을 드리긴 했지만, 채택된 글도 책도 보여 드리진 못했다.

구로구 가족 백일장에 나가서 '종이'란 제목으로 수필을 쓰고 차상을 한 적이 있었다. 그때 상금 10만 원을 받은 것의 일부를 엄마에게 용돈으로 드렸다. 구로문학 창간호에 구로문인협회 회원들의 글과 백일장 입상자들의 글을 실어 책으로 만들었다. 그 책에 나의 글도 실렸다. 그 책에 실린 사람 모두에게 구로구청에서 일일이 전화를 걸어서 그곳으로 불러서 책을 나눠 주었다. 그 책에 엄마의 내용을 쓴 것이 있어서 엄마의 살아생전에 드리고 온 적은 있다.

그때 엄마는 울먹울먹 하셨다. "난 너를 공부도 많이 가르치지도 못했는데 우리 딸은 상도 잘 받아 온다고…" 그런 말을 한 적이 있다. 엄만 이미 하늘나라 간 지가 참오래 되었다. 엄마의 그 혹독한 그 교육 방법이 그땐 너무 힘이 들어 죽고만 싶었다. 적성검사를 하면 근면성이 결여되었음으로 나오는 나를 엄만 알았을까요? 아시고 그때 저만 그토록 힘든 훈련을 시켰는지도 모르겠네요. 엄마, 그때 그 여름날의 그 새벽 요강을 깬 날 저는 가뜩이나 맘이 약하고 몸도 약한 아이라서 고통이 정말 두 배, 세 배 많이 들었네요.

지금 이 글을 쓰는 저는 그때 그 일을 쓰면서도 초반기를 쓸 땐 나 자신도 서러워서 흑흑 흐느끼면서 써 내려갔고요. 그 요강 깨진 장면에선 그땐 웃지 못한 그 웃음을 맘껏 웃느라고 글을 써 내려가지 못할 만큼 웃은 것 아세요? 그때 그 혹독한 훈련 방법 탓에, 제 인생에 커다란 선물을 그것도 유년기에 엄마의 유물로 자산으로 귀하게 물려받았어요. 그리고 전 어느 정도 건강해졌고요. 누가 봐도 근면성이 결여된 사람으론 아무도 믿지 않는 그런 사람이 되었구요.

그뿐 아니라 제 인생사는 동안 다른 사람들에게 웃음을 시냇물처럼 또랑또랑 흐르게 하며 살고자 합니다. 그 옛날 그 요강이 깨지던 여름날의 그 추억조차 내 것인 것을 자랑스럽게 여기면서 남은 생을 당당히 살아 낼 것입니다. 후후훗! 그 웃음 보따린 엄마가 제게 남겨준 저의 유일한 선물이고, 자산이니까요.

〈작가 노트〉

내 일생 중에 딱 한 번 있었던 이야기네요. 지금은 모두 수돗물을 쓰는 시대라 그 시냇가는 온통 갈대밭이 되어 버린 '빨래 터'랍니다. 강원도의 정동진을 지나서. 분수골을 지나서 기찻길 밑의 '산성우리'의 시냇가 '빨래터'의 나의 어린 시절 이야기입니다.

저어, 점 좀 봐 주세요

현상공모 중에 일어난 일

저어, 점 좀 봐 주세요
—현상공모 중에 일어난 일

나는 무조건 집을 나서야만 했다. 집을 나선다고 해서 별다른 대책이 있는 것도 아니었다. 그런데 왜 나는 남들이 모르게 대낮에 도둑고양이처럼 그 누구에게도 들키지 않게 살그머니 나오느라 이 골목 저 골목에서 이웃분들이라도 마주칠까 봐 두리번두리번 좌우를 연신 살피면서 몰래 내가 사는 집에서 빠져나와야만 했을까요? 큰 죄를 지은 것도 아닌데 말이지요. 시댁 식구들이 와글와글 있는 곳에선 그 어떤 일에도 집중을 할 수 없었기 때문이었지요. 특히 오늘 같은 날은 더더욱 그렇습니다. 왜 그러냐고요? 그건 나만의 비밀을 간직한 채로 나만의 작업을 몰래몰래 벌여야만 하기 때문이랍니다. 혹시 시댁 식구들 한 사람만 내 앞에 나타나도 오늘 어떤 일이 발생 할지도 모릅니다.

그리하여 나의 등 뒤엔 9개월밖에 안 된 어린 아기를

포대기에 업은 채로 허둥지둥 걸어가야만 했다. 시댁 식구들이 와글와글 진을 치고 있는 곳에선 그 어떤 일도 집중할 수 없음을 벌써 여러 번 경험했기 때문이다. 갑자기 시누이가 자신의 아들을 데리고 나타나거나 시어머님이 친구분들을 모시고 불현듯 오셔서 밥상을 차리라거나 심부름을 시키신다면, 오늘 내가 지닌 작은 꿈은 물거품이 되고 말 것을 나는 불을 보듯이 빤히 알고 있다. 시어머님은 동네에서 인심 좋기로 유명하시다. 그런데다 음식 솜씨마저 뛰어나신 분이시다 보니 시어머님 뒤엔 항상 친구분들이 한 무리를 지어서 오시는 모습을 종종 보아온 나였다.

처음엔 시댁 식구들의 그런 모습들이 너무나 정겨워 보였고 이웃분들의 모습조차 내겐 그리 큰 스트레스로 받아들여지진 않았다. 다 사람 사는 모습이라고 생각했다. 시댁 식구들의 모습도 이웃분들의 모습도 나는 단지 어쩌면 작가의 눈으로, 맘으로 바라보고 대했는지도 모릅니다. 그분들이 어떠한 행동을 해도 이상하다고도 생각하지 않았고 아무렇지도 않게 그런 모습들을 그냥 스쳐가는 바람처럼 느꼈으니까요. 하지만 살아가면 갈수록 그런 상황들에 짜증이 나고 그 모든 일이 나의 하는 일에 방해 공작꾼들만 같아 보여지게 되었지요.

만약 오늘 시어머님께서 평상시처럼 시도 때도 없이 친구분들을 여러분 모시고 와서 밥상을 차리라고 하신다면, 난 한 달 전의 꿈을, 아니 오늘 하루의 꿈이 아마 산통이 깨질지도 모른다는 생각이 자꾸만 나서 할 수 없이 시댁 식구들 모르게 아이를 포대기에 들쳐 엎고 바삐 집을 나선 것입니다. 집에서 할 일을 대충 재빠르게 마무리해놓고 나오다 보니 이미 오후 한 시 반이 넘어가고 있었다. 식구들이 저녁밥을 먹기 전까진 돌아와야만 하는데… 그리고 오늘 우체국 소인이 찍힌 채로 접수를 해야 되는데… 언제 글을 다 써서 낸담! 그런 불평들을 쏟아놓고 싶지만 그럴 짬도 없었다. 다행히 시댁 근처에선 시댁 식구들, 시어머님의 친구분들을 마주치진 않았다. 일단 최대 오늘의 돌발 상황은 피한 셈이다. 약간의 안도의 한숨을 바쁜 걸음 속에서 허공 위로 날려 보내 본다.

한시름 돌리긴 하였지만, 이제부터가 진짜 문제다. 어떻게 어린 아기를 데리고 원고지 50~60매에서 70~80

매 분량의 글을 쓴담! 한숨이 절로 나오지만 왜 나는 글 쓰는 것을 포기가 안 되는지 나 스스로도 가늠이 잘되지 않을 때가 종종 있다. 나는 처음부터 짧은 시를 써온 것도 아니고 처음 글을 쓸 때부터 적어도 작가라면, 한번 글을 쓸 때마다 원고지 100매~200매 정도는 두려워하지 않고 써내야 한다는 배짱도 있었고 또 그대로 써오기도 했다. 그것이 어떤 글이라 할지라도 써서 내긴 하였다. 하지만 지금은 시간에 쫓기는 데다가 아이가 어떻게 있느냐가 관건이다. 물론 평소대로라면 아들은 너무나 순둥이다. 하지만 아이가 갑자기 아파서 울거나 보채면, 나로서도 어찌할 순 없는 일이긴 하다. 지금으로선 아이가 아무런 문제가 되지 않기를 기대해 볼 수밖에 없다.

아이로 인해서 지금까지 오늘 헤쳐 나왔던 모든 일을 허사로 만들까 염려가 다시 몰려오기 시작했다. 그 사건 전에 방송국에 자주 출연한 그때 생각이 났다. 그때도 아이를 놀이방에 수고비를 드리고 맡겼던 적이 있었지. 그걸 왜 염두에 두지 못했을까? 아이 핑계, 시댁 식구들 핑계를 하지 않았어도 되지 않았을 텐데. 뒤늦은 후회가 밀려오기 시작했다. 하지만 이제 어찌하겠는가? 이미 그 시간을 나는 이런 핑계 저런 핑계들로 다 써버리지 않았는가?

어떤 상황에서도 치밀하게 계획을 짰어야만 이런 다급함이 생겨나지 않았으리라. 내가 아끼는 글을 쓰려면 때론 과감한 행동도 수반해야 함을 새삼 느꼈다. 너무나 어려운 살림에 마음마저 쪼그라들 대로 쪼그라져 버린 내가 미워졌다. 조금만 더 여유로운 마음을 가졌더라면, 적어도 오늘 같은 일들은 발생하진 않았겠지?

나 자신에게 맘속으로 되물어 보았다. 왜 나는 걱정하는 시간들로 장편소설을 그리도 많이 쓸까? 그것을 시처럼 줄여서 살순 없을까? 난 오늘 집을 나서기 전만 해도 이런 불평들을 곱씹었다. 시간이 하루만 더 있었더라면, 이 아이만 없었더라면, 시댁의 상황들이 내 것이 아니라면, 난 얼마든지 글을 진즉에 써서 낼 수 있었을 텐데….

누가 오늘까지 나에게 원고료나 수고비를 미리 주고 닦달한 것은 분명 아닙니다. 마음속에선 자꾸 나만의 외침이 울려 나오고 있었지요. 아, 하루만 시간을 주최 측에서 나를 배려하여 주면 얼마나 좋을까? 간혹 전화를 걸어서 부탁을 해보면, 나의 부탁을 들어줄 때도 간혹 있었다.

그런 중에 알게 된 정보인데 현상공모 초기 때 일인지라 그땐 내 얼굴이 그리 뻔뻔하지도 못했고, 모든 정보에도 그리 눈 밝고 귀 밝지 않았을 때였다. 그래서 오직 주최 측에서 시키는 대로 다만 글을 써서 냈던 때이다. 글이 잘 써졌든 안 써졌든, 내용이 좋든 안 좋든, 그것은 별개 문제로 아직은 잘 모를 때였다. 어떻게 써야 내가 쓴 글이 주최 측에서 원하는 글인지, 원하지 않는 글인지도 분간이 안 갈 때였다.

다만 주최 측에서 나에게 어떤 가능성을 한껏 열어주신 것에 감사 감사하면서 또는 그 감사에 힘입어 충성 충성을 마음속으로 곱씹으면서 글을 보낼 때였다. 도대체 당선될 확률은 얼마일까? 난 그 확률을 장담할 수 없으면서도 과감히 용기란 날개를 활짝 펴본다. 내가 글을 잘 쓰든 못쓰든, 글의 내용이 좋든 안 좋든, 내가 어찌 안담! 그것은 심사위원들 마음인 것이다. 심사위원들을 잘 만날지도 못 만날지도 나는 알 수가 없다. 지금은 그런 걱정마저도 내겐 사치이다. 난 오로지 글을 최대한 빨리 쓸 시간만이 필요할 뿐이다.

오오, 시간 시간이여… 돈을 지불하고서라도 난 그 시간을 사야만 한다. 왜 왜 왜! 어릴 적 문학소녀로서 살아왔던 꿈을 이루기 위해서? 아니면 상금에 눈이 멀어서? 아니면 남편에게 짓눌린 자존심 때문에? 남편은 항상 자기가 번 돈인데 함부로 자신의 월급에 내가 끼어들지 말라는 말을 누누이 해왔다. 남편은 어릴 적엔 영등포에서 오대 갑부 집안에서 자랐고, 어른들 한 달 월급이 자신의 하루 용돈과 맞먹었다는 이야길 종종 내게 들려주곤 하였다.

가끔씩 그 당시 잘 나가는 둘째 시동생으로부터 직접적이진 않았지만 간접적으로 백수건달의 아내, 그 형수로 푸대접을 알게 모르게 받기도 했지만, 나는 연기 잘하는 연극배우처럼 그런 모든 상황을 견디기 어려웠지만, 보기 싫지만 잘 보아주면서 견뎌내곤 하였다. 내가 열심히 살아냈고, 특히 내가 방송 출연을 자주하게 됨으로 그 기억들은 하나씩 지워나가게 되었다. 남편이 내가 쓸 만큼이라도 월급날 용돈을 주었으면, 방송 출연은 감히 엄두도 못 냈을 것이다. 그 이후로 MBC, SBS, KBS, EBS, 국회방송까지도 출연하는 기회를 나의 것으로 삼았다. 난 하도 겪은 일이 많아서, 이야기 감만큼은 굉장히 많은 부자인 셈이다.

이토록 이야기 감이 즐비한데 제목도 이번엔 '쓰고 싶은 이야기'이니 내겐 금상첨화의 공모전인 셈이다. 전에 백일장을 갈 때면 간혹 제목이 나와 안 맞아서 가끔은 실망할 때가 아주 드물게 있곤 했다. 그럴 때면 나는 조용히 다른 장소로 옮겨가서 나만의 제목을 정해서 글을 써볼 거란 생각이 들었다. 주최 측에서 주는 제목으로 글을 써도 한 작품인 것이고, 내가 스스로 제목을 붙여서 글을 써도 한 작품이란 생각이 미쳤기 때문이다.

그런데 오늘은 내가 주최 측에 부탁한 것도 아닌데 이런 기가 막힌 제목을 주다니… 군침이 입안에 고이기 시작했다. 다만 나는 시간에 쫓길 따름이다. 내가 이런 글들을 공모하는 것은 초등학교 3학년 때부터 문학소녀인 까닭도 있었지만, 남편 모르게 용돈이라도 벌고 싶어서였다. 공모전은 그래도 상금이 꽤 많으니 저 철없는 남편을 믿고 내가 살아야 하나? 자라나는 내 자식들은 또 어떡하나? 그리고 이 집안에 들어와서 온통 자존심 구겨진 것은 또 어찌하고, 그 틈바구니에 끼인 나의 꿈은 어찌하나?

나는 글을 쓰면서 나만의 허전한 가슴을 행복으로 메꾸면서 문학소녀의 꿈도 활짝 피게 하고 싶었다. 상금까지 챙기면서 말이다. 그 상금이 나의 것이 될지, 다른 사람의 것이 될지는 나도 심사위원들도 주최 측도 아무도 모르니까, 일단 가능성이라도 있도록 만들려면, 오늘 6시 우체국 소인이라도 찍힌 글을 보내야 합니다. 난 일단 수기 쪽으로 밀어붙이기로 마음을 먹었다.

등에 업혀있는 아들은 워낙 순둥이다. 아이를 기르다 보면 예상치 못한 일이 발생하곤 한다. 아이가 평소처럼 있어 주기를 바라기엔 너무나 큰 모험일 수 있다. 하여 나는 주머니에 있는 돈을 다 쓰더라도 시간이란 공간을 조금 넓혀서 약간의 초조함에서 벗어나고 싶은 마음으로 돌돌 휩싸여 안겨가고 있다. 전에 방송국에 다닐 때 생각이 났다. 특히 생방송인 아침마당은 늦어도 오전 7시 반까지는 가야만 했다. 그때 하루 전날 놀이방 원장님께 수고비를 보통 때 보다 더 드리고 맡겼던 기억이 났다.

'아! 맞다, 그것이 내가 취할 최상의 선택인 거야.' 그렇다 해도 평상시처럼 그리 넉넉한 시간도 아니다. 내가 시댁에서 나온 시간은 오후 한 시였다. 원고지 70~80매의 분량을 써 내려간다면, 그 글을 고치지 않고 쓴다고 해도 3시간이 더 될지도 모릅니다. 나는 전에 맡기던 놀이방을 일단 찾아갔다. 얼마 전에 이사 갔다는 이야길 이웃집 분에게 들었다. 서운했다. 가장 저렴한 가격에 가장 믿고 맡길 수 있는 곳이었다. '아, 이제 어쩐다? 이 집에 맡길 작정이었는데…' 나는 광명 사거리 일대를 거의 훑다시피 쏘다녔다. 지나가는 행객을 상대로 설문 조사 위원도 아니면서 무작위 설문 조사를 시작했다. "아줌마, 아줌마, 이 근처에 놀이방 어디 없어요? 놀이방 비슷한 곳 없을까요?" 내 사정이 바쁘다 보니 미처 다른 사람의 사정을 생각할 겨를도 없었다. 그들 중에 분명 나만큼 어쩌면 나보다 훨씬 더 바쁜 사람들도 있었는지도 모른다. 거의 그냥 지나치는 사람들도 많았다.

가끔 지나가던 발걸음을 멈추시고 친절히 가르쳐 주시는 인정 많은 분도 여러 명 있었다. "저기 광명시청 언덕 쪽으로 한번 가보세요. 거기 어디쯤에서 본 것 같아요."

아이를 등에 업었지만 힘들다는 생각보다는 놀이방을 찾는 것이 급선무인 까닭에 그런 생각들은 사치 같았다. 평소엔 그리도 눈에 잘 띄던 놀이방이 오늘은 왜 이리도 눈에 띄지 않는 건지도 대체 영문을 모르는 그런 날이었다.

그럴 뿐만 아니라 겨우 몇 군데 알아낸 놀이방마저 문을 닫았다. 처음부터 놀이방을 찾지 말 걸 그랬나 하는 후회가 밀려 왔다. 한편으론 놀이방 운영도 참 힘이든가 보다. 하긴 남의 어린아이들 돌봐주는 것이 많이 힘이 들겠지. 그러니까 평소에 잘하던 놀이방들도 문을 닫고들 있잖아. 아! 이제 난 어떤 선택을 또 선택해야만 한담…

놀이방 찾으러 다닌 나의 느낌은 집안이 몹시 가난해서 쪽 바가지 들고서 이 마을, 저 마을, 이 골목 저 골목으로 집집마다 먹다 남은 밥을 구걸하러 다닌 그런 느낌이었다. 어릴 적 너무 가난해서 나물죽을 끓여 먹거나 흰죽, 그토록 먹기 싫은 도토리 죽을 먹은 적은 있었다. 가난하지만 너무도 부지런하신 아버지, 어머님이 계셨기에 실제로는 구걸하러 다닌 적은 없었지만, 마음이 자꾸만 쪼그라들기 시작해왔다. 차라리 놀이방을 찾지 않고 어느 담벼락에 기대어 썼더라면, 아니면 의자에 앉아서 글을 어느 정도는 쓰진 않았을까?

아이는 아이대로 집안에서 편히 누워서 잘 수도 있었을 텐데… 애기야, 미안하다. 극성스런 엄마 탓에 네가 무슨 고생이니? 엄마가 말이야, 어린 시절부터 문학소녀는 맞아, 하지만 난 내가 글을 쓸 땐 조용한 집안에서나, 집안 마당에서 글을 쓸 줄 알았단다. 아이들을 세심하게 돌봐주면서 말이야.

'넌 비록 아기지만 이 엄마를 이해해 주어야만 한다. 너도 똑똑히 우리 집 모습들을 보았을 거야. 말 못 하는 너지만 나를 이해 해주렴. 너도 정씨임엔 틀림없지만, 그래도 유씨의 피가 50%는 흐르잖아! 그리고 넌 혈액형도 엄마를 닮아서 A형이잖니?'

마음은 놀이방을 찾지 못해서 허둥대면서 나의 등 위에 업혀있는 아기와 무언의 대화는 하고 싶었다. 나의 구미에 전혀 당기지 않는 시댁 식구들, 그 가운데 나와는 한편이 되어주어야 마땅할 나의 남편 대신에, 차라리 말 못 하는 아이에게 하소연하는 편이 훨씬 낫다는 생각을 했다. '아기야, 너만은 내 편이 되어 주리라 믿어.' 등 뒤에 업혀있는 아기는 여전히 말이 없다. 순둥이 중에 순둥이인 내 아기… 순둥이 콘테스트에 나간다면 분명히 진으로 선발될 것만 같은 아기. 별별 생각들을 다 하면서 아이와 무언의 대화를 순간적이고 찰나적인 그 순간들의 이야기를 끝없이 토해내며 마음은 이러지도 못하고 저러지도 못하는 가운데 걸음을 빨리 옮기다 보니 광명 6동에서 개봉동까지 약 네 정거장 가량을 걸어온 듯했다.

그곳의 4층 건물의 3층에 드디어 놀이방 간판이 눈에 띄였다. 이젠 이 아이를 맡기고 맘 편히 길가나 어디에 앉아서라도 글을 쓸 수 있겠지… '지금까지 참말 나와 내 아기 고생이 많았네. 이 놀이방만큼은 이 아이를 설마 받아 주겠지… 이 아이를 받아준다면, 비록 늦긴 했지만, 그래도 홀가분하게 이제부터라도 총알같이 있는 힘을 다해 써 내려가리라.' 그리고는 쏜살같이 놀이방이 있는 3층으로 힘이 닿는 대로 열심히 계단을 올라갔다. 아! 드디어 다 왔다. 놀이방 대문에 대고 나는 다급하게 똑똑똑 문을 두드렸다.

안에서 선생님인 듯 보이는 분이 나오셨다. 아이를 맡기려고 하는데 한 시간에 얼마냐고 물었더니 한 시간에 2500원이란다. 두 시간쯤 맡긴다면 5000원이 들것 같았다. 그래도 맡길 수밖에 없는 상황이었다. '전에 맡기던 곳은 한 시간에 1500원이었는데…' 그렇더라도 맡기고 싶었는데, 그 선생님은 원장님이 안 계시고, 원장님이 와 봐야만 한다고, 정기 탁아가 아니라서 그보다 돈을 더 받을지도 모른다는 엄포 아닌 엄포를 주었다. 원장님이 언제 오시느냐고 물었더니 그것도 알 수 없단다. 설상가상의 일이 벌어진 셈이다. 거리에서 한 시간 반 이상을 소비한 셈이 되고 말았다. 그 시간에 글을 썼더라면, 최소한 원고지 20~30매까진 썼으리라. 아이만 울지 않고 아프지 않았더라면, 가끔 분유 먹이고 기저귀 갈아주면서도 말이다. '오늘은 왜 이렇지? 모든 일이…' 이것을 피해서 나오면, 또 다른 일들이 장애물로 다가서고 막고 있으니 말이다.

돈보다도 언제까지 그 원장님을 기다릴 처지가 못 되었다. '괜히 죽을 둥 살 둥 올라왔네. 다리 아프게 말야. 허참! 그리고 아이를 맡기는 값은 왜 그리도 비싸담.' 비싼 것도 용납하겠는데. 뭐 정기 탁아가 아니라서 훨씬 더 비쌀지도 모른다고… 모든 것이 갈수록 태산이라는 생각에 미치자 한편으론 울화도 치밀었고, 한숨도 나왔고, 그대로 땅바닥에 풀썩 주저앉을 만큼 힘이 빠졌다. 이대로 포기하고 아이랑 함께 집으로 돌아가서 밥이나 해 먹고 한숨 푹 자고만 싶어졌다. '그냥 집으로 돌아갈까? 시댁 식구들이 어디 갔다 왔느냐고 물어오면, 적당히 둘러대고 말이지…' 하지만 오늘 하루 고생한 것이 너무도 아까웠다. 누가 돈을 주고 이런 일을 시켰다면 절대로 응하지 않았을 오늘 하루의 일.

나는 그냥 무작정 걸어갔다. 글을 쓸 수 있는 시간은 이제 원고지에 다 직접 쓴다고 해도 두 시간 반 밖에 시간이 남아 있지 않았다. 그 시간 안에 다 쓴다는 보장도 하기 어렵다. 다 쓴다고 해도 우체국까지 가는 시간, 그곳에서 우편물을 붙이는 그 시간, 그러니까 오늘 소인을 절대로 넘기지 않는 6시 정각이 되기 전에 우편물을 접수해야만 된다. '과연 그것을 내가 오늘 해낼 수 있을까? 내 나이 40세가 조금 넘은 젊은 피는 흐르긴 하지만… 이 아기를 데리고서 가능할까 싶었다.'

나는 은행의 책꽂이에 꽂혀 있었던 여성동아 책을 본 것을 처음엔 엄청 행운으로 여겼지만, 오늘 하루 이 공모전을 치르기 위해서 동분서주하면서 숨이 막히도록 뛰고 비지땀을 뻘뻘 흘리며 다닌 고통 탓에 그만 그 공모전이 실린 잡지를 보고 온 것을 약간은 후회하고 있었다. 하지만 이제 더 이상 희망이 보이지 않았다. 그렇다고 포기할 수는 없었다. 이젠 시간이 흘러가도 오히려 초조하기보

단 넋이 나간 사람처럼 조금씩 포기의 시간으로 밀려가고 있는 것만 같았다. 그게 어떻게 얻은 정보인데 그 귀한 정보를 헛되이 쓰고 싶지 않았다.

그래도 포기하는 마음은 아니었다. 글이 당선되든 안되든 일단 써서 내야만 어떤 가능성이 단 10%라도 생기진 않을까? 그것이 오늘의 나의 바람이고 할 일이다. 설령 그 일이 이루어지지 않는다 해도 오늘 저녁 6시까지는 절대로 포기하진 않을 것이다. 절대로…

그런 마음들을 부여안고 나는 혹시라도 글을 쓸 만한 장소를 찾아서 아까 놀이방을 찾듯이 그 동네 근처를 서성거렸다. 마치 바람을 타는 가을 낙엽이 된 것처럼. 한참을 그렇게 아이를 등에 업은 채로 터덜터덜 걸어가다 보니 어느새 어느 아파트 앞에 다다랐다. '여기에 이런 아파트가 있었었나? 참 신기한 일도 다 있네.' 아파트 앞은 꽤 넓었고 사람들마저 없어서 너무도 조용했다. 사막에서 오아시스를 만난 그런 느낌이 묘하게 들었다. 게다가 덤으로 아이들의 놀이터까지 있었다. 그런데 다행히도 아이들이 한 명도 없었다. '아! 이젠 편히 글을 쓸 수는 있겠는걸… 지성이면 감천이라더니.' 나는 몹시 바쁜 시

간이었지만, 침착하자고 마음을 다잡으면서 건물을 뒤로
한 채로 앉아서 글을 쓰기로 맘을 먹었다.

맘속으로 글쓰기 좋은 장소를 내가 드디어 찾아냈다
고 바쁜 시간에도 행복감이 몰려왔다. 난 언제 어느 장소
에서든지 글을 쓰려고 가방 속엔 언제나 신문지 몇 장쯤
은 가지고 다녔다. 가방에서 일단 신문지 서너 장을 꺼내
서 땅바닥에 깔았다. 그리고는 아이를 등에서 내려 포대
기에서 조심스럽게 가슴 앞쪽으로 보이게 한 후 아이를
앞쪽으로 안았다. 어머나! 아기는 엄마가 놀이방 찾아다
니랴, 글 쓸 장소를 찾아 헤매는 동안 아기도 지쳤는지,
엄마를 돕고 싶었는지, 새근새근 잠이 들어 있지 않은가!
난 얼른 포대기를 깔았다. 그 위에 아이를 조심스레 눕혔
다. 생각 같아서는 그 예쁜 아기에게 뽀뽀라도 해주고 싶
었지만, 잠시 참기로 했다.

혹시 아기가 깬다하더라도 여기는 찻길도 아니고 놀
이터이니 아이가 다칠 염려도 없어서 정말 다행이라는
생각이 들었다. 그곳은 또 놀이터인 까닭에 아이가 설령
깨어난다 해도 엄마인 내가 글을 쓰면서 아이를 충분히
돌볼 수 있는 장소이니 일단 안심이 되었다.

그렇다 해도 아이가 깨어나기 전에 글을 다 써 놓아야만 한다. 언제 아이가 일어나서 엄마의 글을 쓰는 데 걸림돌이 될지도 모르니까… 나는 지금 어떤 이야기라도 즉석에서 원고지에 활자로 기록해야만 하는 입장에 놓여 있다. 글을 다 쓸 때까지 아이가 자고 있기를, 어린아이들도 놀이터에 나타나지 않기를, 간절히 바라면서 글의 가닥을 잡고 어떤 내용을 쓸 것인가를 대충 생각한 후 글의 내용을 내 맘대로 써 내려갔다.

아이는 다행히도 고단했는지 곤히 자고 있었다. 아이는 그곳이 남의 집 아파트 마당이고 놀이터라도 상관없다는 듯이 내 집 안방이나 안마당에서 자듯이 그렇게 편히 자고 있는 모습이 너무도 기특했다. 저 아인 분명 내 아기가 맞지만, 꼭 하늘에서 내려온 아기 천사 같았다. 자신이 잠을 잠으로서 엄마를 한껏 돕기로 작정한 그런 아들 같아서 오늘 한껏 엄마의 품에 안아도 주고 싶건만, 그렇지 못한 엄마를 용서 해주렴. 이 엄마를 이해해줄래.

나는 내가 쓰고 있는 이야기에 온통 정신을 빼앗긴 채 글을 쓰고 있었는데, 그 모습에 누군가가 태클을 걸면서 다가오리란 것은 미처 상상이나 했을까요? 아직 돌이 되지도 않은 아기도 나를 방해하지 않고 저토록 예쁘게 자고 있는데… 나는 조금 뒤에 어떤 일이 발생할 것은 까마득히 예상치 못하고 열심히 글을 써 내려가고 있었다. 글을 또박또박 정자로 쓰지 않고 휘갈겨 쓰는, 나는 평소에도 다른 사람 한 글자 쓸 때 서너 자는 더 써왔다. 그러나 지금은 시간에 심히 쫓기고 있다. 도둑이 물건을 남의 집에서 훔치다가 주인에게 들켜서 삼십육계 줄행랑을 치듯이 그렇게 글을 쓰고 있었다. 그렇게 써도 오늘 내가 허비한 시간을 보충시키기가 녹록하지는 않다.

'혹시 아이라도 언제 순간적으로 깨어난다면…' 나는 거의 숨 돌릴 겨를도 없이 글쓰기에 더욱 박차를 가했다. 그렇게 써도 오늘 나의 임무를 다할지 말지는 나 자신도 장담하기가 어렵다. 내가 프로 작가도 아니고 단지 상금에 눈이 먼 무명작가라서 내가 얼마 동안 몇 자의 글을 쓸 수 있는지, 어떤 글의 내용을 써야 당선에 가까울지도 나는 분명 모르긴 하지만, 최선을 다할 따름이다.

공모전에 글을 써놓고 나면, 어떤 가능성 때문에 당선을 발표하기 전까지는 그 상금이 내 것인 양 뿌듯하기만 하다. 아마 복권을 사놓고 기다리는 마음보다는 그래도 당선이 될 확률은 훨씬 더 높진 않을까? 그 기대감이 나로 하여금 더 활기차게 여러 종류의 다양한 제목들로 글을 쓰게 하나 봅니다. 그렇지만 문학을 좋아하지 않는다면, 절대 쓸 수 없고 엄두를 내기도 힘든 게 공모전이다.

그때 나는 아마도 나를 무척이나 괴롭게 하는 시댁 식구 이야기나, 방송국 출연했던 이야기나, 28살 나이에 결혼도 포기 한 채로 고검, 대검, 검정고시, 마치 공부를 마치기 위하여 공부하는 모델이 전 세계에서 나 하나뿐인 것처럼 치열하게 공부했던 이야기 중에 한 가지를 골라서 목이 타는데도 물도 못 마시고, 화장실 가고 싶은 것도 참으면서, 글을 쓰는 모델, 공부하는 모델로 세계 최고로 남고 싶었던 것처럼 그토록 열심히 써 내려간 듯했으니까요.

그도 그럴 것이 이 모든 일을 다 끝내고 나서도 맘 편히 쉴 수 있는 입장이 아니었거든요. 다시 아이를 데리고 가서 아이가 있는 채로 시댁 식구들 이야기나 다른 이야기들을 아마도 이 세상에서 가장 빨리 날아가는 새처럼 써 내려가고 있을 때였지요. 술을 먹는 사람이 처음엔 술을 술로 먹지만 나중엔 술이 술을 먹는 것처럼 한 번 나의 이야기 보따리를 풀어놓으니, 그 이야기의 실타래는 언제 멈출지도 모른 채 바람처럼 잽싸게 나도 모르는 시간 속으로 빨려 들어가고 있을 즈음이었다. 난 무의식 속

에서 어렴풋이 사람의 인기척을 느꼈지만, 개의치 않고
나의 일에 몰두해버렸다. 이 풍경, 저 풍경 이 사정을 봐
줄 입장이 아닌 나였기 때문입니다.

　사람의 인기척이 바로 가까이에서 나는 듯했다. "아줌
마, 저어 점 좀 봐 주시겠어요?" 글을 쓰면서 나는 하도
바빠서 그 목소리 나는 쪽을 감히 바라다볼 수도 없었다.
이 아파트 근처에도 점을 보는 사람이 돈을 벌기 위해 자
리를 깔고 앉아 있는 줄로만 알았던 것이리라. 좀 더 큰
소리가 들려왔다. "저어, 아줌마, 점 좀 봐달라니까요?"
"뭐, 뭐-라구요? 지금 제게 뭐라고 하신 거예요?" "점 좀
봐 달라니까요?" 중년 여성의 목소리가 바로 내 앞에서
들리는 것이 아닌가? 나는 기가 막혔다. 내가 점쟁이라
니! 내 살다 살다 보니 별일도 다 있네, 하고 침을 확 뱉
으면서 '원~ 재수 더럽게 없네, 오늘 하루…' 보통 때 같
았으면, 어렸을 때 나의 별명이 땡비인 것처럼 그 아줌마
에게 톡 쏘아주었을지도 모른다. 하지만 나는 공모 중이
다. 그것도 상금이 대상엔 100만 원의 상금이 걸려있는
현상공모의 글을 쓰고 있는 중이다. 지금 내 앞에 있는
이 알지도 못한 아줌마가 지금 나의 두 번째 위기 상황이

자, 방해꾼으로 등장할 줄이야.

나는 나 자신도 지금까지 살아오는 동안 점을 보고 살아오진 않았다. 하나님 말씀 그 속에 답이 다 있는데, 무슨 점이 필요하담! 점을 봐 주는 사람도 점을 보러 가는 사람도 경멸하며 살아왔다. 그런 사람들을 미개인 취급하며 살아왔던 나였다.

단 한 번 노처녀인 내가 경제력도 없이 평생동안 공부에만 매달려야 하나 하는 절망감과 무기력 사이에서 한 인간의 모습으로 하나님께 이런 기도를 드린 적은 있긴 했다. "하나님께서 저의 미래를 활짝 보여주신다면, 제가 걱정하지 않고 열심히 공부할 수 있겠는데요. 하나님, 저의 미래를 한번 활짝 그림처럼 보여주시면 안 될까요?" 기도드릴 때, 하나님께선 제 마음속에 강한 말씀을 레마의 말씀으로 특별히 주셨지요.

요렇게요. 잠언 25장 2절 말씀이었지요. 〈일을 숨기는 것은 왕의 영화요. 일을 살피는 것은 왕의 영화니라〉 일을 숨겨야만 하나님께서 영화를 받으시겠다는데, 어디 감히 인간이 하나님을 상대로 나의 미래를 환히 보여 달라는 간곡한 부탁, 명령조의 기도를 드릴 수는 없다는 생각이 그 당시 콱하고 내 맘속에 특별한, 〈레마의〉 말씀으로 각인되어 파고들었다.

그리하여 내 일생동안 점 같은 것은 보려고도, 점보는 집 근처에도 가지 않고 하나님 믿는 믿음으로만 살고 하나님 말씀으로만 살겠다고 철칙처럼 정해놓고 살아왔다. 너무도 막연한 나의 미래를 숨기고 덮은 채로 말이지요. 일을 살피시는 분도 결국 하나님이시니 그분께서 나의 캐릭터대로 좀 잘 이끌어 가실까 하고 말이지요.

그리고 내가 수도 성경 학교시절에 뼛속 깊이 느낀 것은 칼빈주의였다. 내가 무엇을 하든지 최선을 다하면, 그 행동 자체가 바로 하나님께 영광이 된다고 하였다. 그리하여 칼빈주의 시험을 볼 때, 난 내가 무슨 일을 하든 지 내가 하는 모든 일에 나의 일생동안 최선을 다하겠다고 써낸 적이 있었다. 그 답안의 점수는 비록 100점은 맞지 못했어도 98점은 맞았다. 물론 점수를 잘 맞자고 써낸 답안만은 아니었다. 하나님께 대한 나의 믿음의 고백이었다.

그런 나에게 점을 봐 달라니, 난 이래 봬도 〈9회 전국 성경고사대회 장년부 특등도 아닌 초등부, 중등부, 고등부, 장년부〉 중에 그 당시 969명의 수험생 중에 특등도 해본 나였다. 그런 나에게 점쟁이라니… 거기에다 내게 점까지 봐달라니 내참 기가 막혀서… 나는 화가 몹시 났다. 내가 사십 년 동안 열심히 살아온 대가가 점쟁이로 대접을 받다니… 내가 가장 경멸하는 그런 점쟁이… 참으로 나를 모독한 그 아줌마를 혼내주고 싶은 마음을 억지로 억누르고 그 아줌마의 얼굴도 보지 않고 나는 글을 쓰면서 말했다.

저어, 점 같은 것 볼 줄 모른다니까요. 그러니까 아줌마, 아줌마는 아줌마의 갈 길이나 가시라구요. 저 지금 대단히 바쁘거든요. 나의 퉁명스런 말 때문에 그 아줌마는 내 앞에서 급히 떠날 줄 알았다. 그런데 그 아줌마는 이상스럽게도 내가 화를 내면 낼수록 점점 내게 더 다가오고 있는 듯한 이 느낌은 또 뭐지?… "에이 아줌마가 점 보는 아줌마가 아니라면, 누가 점보는 사람이에요? 혹시 점보는 사람 있으면 그 사람이라도 소개를 해주시든지…" 뭐라구요? 전 절대 점보는 사람도 아니구요. 점은 더더욱 볼 줄도 모르고 아는 점쟁이 아줌마도 아저씨도 모른다니까요. 그래도 점을 보려고 내게 다가온 그 아줌마는 껌딱지처럼 내게 찰싹 붙은 채로 좀처럼 내 곁을 떠나려고 하질 않는 것이 아닌가?

"에이! 아줌마 점보는 아줌마 맞네요, 맞아." 마음 같아선 그 아줌마에게 버럭 소리라도 지르고 싶지만, 나는 자고 있는 아이가 깰까 봐서, 남의 동네에 와서 시끄럽게 하고 싶지 않아서, 글을 쓰기도 바쁜 시간에 이 황당무계한 사람과 싸우고 싶진 않았다. 내게 무슨 억하심정이 있다고 껌딱지처럼 내 곁을 떠나지 않는 이 아줌마를 제발 누군가 내게서 떼어 내주길 바랄 뿐이었다. 순간 나는 글을 쓰다 말고 그 아줌마를 빤히 쳐다보면서 아줌마, 나 점보는 사람도 아니고 점은 볼 줄도 모른다니까요. 난 진심을 다해서 간청했다. 제발 그러니까 내 곁을 제발 떠나주세요. 네? 그 아줌마의 풀이 약간은 꺾인 듯하긴 했지만, 다시 역으로 내게 반문을 해왔다. "에에 아줌마, 그럼 지금 쓰고 있는 책은 뭐예요? 점보는 책이 맞네요, 뭐… 그러니까 저 점 좀 봐주시라니까요." 난 그제서야 그 아줌마가 내게 그토록 매달린 이유를 조금은 알 것만 같았다. 내가 무언가를 너무 열심히 쓰고 있으니 점쟁이도 특별한 여자, 그것도 어린 아기와 같이 앉아서 점을 봐주는 길거리 점쟁이로 착각한 것이 분명함을 어렴풋이 깨달았다. 나는 나의 글을 못 쓰더라도 이 아줌마를 보내야만 했기에 온갖 설득력을 다 발휘해야만 했다. 아줌마, 이건 제 공책이구요. 저는 지금 여성동아 잡지사에서 공모하는 현상공모 중에 〈쓰고 싶은 이야기〉를 쓰고 있다고요. 그런데 제가 점쟁이라고요.

제가 시간이 너무 없어서 이 아이를 놀이방에 맡기러 갔다가 그곳에서도 여의치 않아서 길거리에서라도 죽기 살기로 글을 쓰고 있었다고요. 집안에서 글을 쓰려니 시댁 식구의 느닷없는 끼임 그게 싫어 이 오붓한 장소에서 아이가 깰까 봐 조심스레 글을 쓰고 있었는데요. 아줌마가 내가 글을 쓰는데 산통을 다 깨버렸어요.

이제 저 보고 어떻게 하라고 그러는 거예요. 이 어린 아이도 가만히 엄마가 글 쓰라고 자고 있었는데, 아줌마는 왜 그리 저를 힘들게 했나요? 그냥 모르는 척하고 지나가셨으면 안 되었나요? 이제 어떻게 하실 거예요? 아줌마가 제 글을 대신 써주실 거예요? 아줌마가 그 귀한 시간을 빼앗아서 제가 글을 쓸 시간이 거의 다 날아가 버렸어요. 그 시간을 아줌마가 어떻게 책임져 주실 건가요? 이 모든 것이 다 아줌마 때문이라고요. 그 아줌마는 꼭 나의 모습이 점을 봐주는 사람으로 보여 착각을 했고, 자신이 너무 점을 보는 것을 좋아해서 그랬다며 겸연쩍었는지, 한 손으로 머리 뒤통수를 긁적이면서 "아줌마, 죄송해요." 하며 그제야 사라졌다. 그 아줌마는 죄송하다는 인사 한마디면 끝이 났지만, 그 아줌마로 인해 가뜩이나 모자란 시간을 더 허비하여 오늘 일을 망친 나는 은근히 아니 매우 화가 났다. 그렇다고 지금 막 용서를 구하고 가는 그 아줌마를 쫓아가서 호되게 야단치고 때려줄 수도 없는 일이다.

참아야만 했다. 오늘 하루는 피 말리는 하루요. 엉망진창이 된 하루였다. 점보기 좋아하는 한 사람으로 인해 그나마 조금 전까지 작은 희망의 불씨가 조금 전까지만 해도 있었는데, 그나마 그 희망은 수포로 돌아갔다. 마음속 한구석이 왠지 휑하니 찬바람이 이는 것 같았다.

조금 아까의 그 아줌마의 뒷모습을 보았다. 야쿠르트 아줌마였다. 저 아줌마도 그 어떤 말 못 할 사연이 있고, 야쿠르트 배달을 하느라고 나처럼 힘든 삶을 사나 봐… 난 점쟁이는 분명 아니지만, 어떤 소망이 되는 이야길 조금 전에 간 야쿠르트 아줌마에게 들려주어야만 할 것 같았다. 나의 글은 비록 망쳤지만 말이지요. 그 아줌마는 아직 나의 시야에서 벗어나진 않았다. 나는 온몸과 마음이 힘들었지만, 그 아줌마 쪽을 향해서 크게 소릴 질렀다. 아줌마, 있잖아요. 하나님 열심히 믿고, 열심히 살아나간다면, 언젠가 반드시 좋은 날이 올 거예요. 아셨죠? 그 아줌마가 뒤를 돌아보았다. 멀리서 나를 보면서 얼굴은 빙그레 웃고, 머리는 끄덕끄덕, 손사래로 답을 해왔다.

나는 그때 그 아줌마를 보내놓고 아이를 다시 등에 포대기에 업고서 글을 대충 마무리해서 우체국에 그날 소인이 찍힌 채로 접수를 하긴 했다. 집으로 돌아오는 길은 이미 몸과 마음이 만신창이가 되었다. 그렇게 시간에 쪼들리고 바쁘게 쓴 글이 당선될지 안 될지는 알 수 없는 일이다. 그래도 그 일을 해냈으니 당선자 발표가 있을 때까지는, 그 100만 원은 나의 것으로 꿈을 간직하고 행복하게 살아갈 수 있을 것이다. 거기에다 삶이 힘든 그 야쿠르트 아줌마에게 내가 비록 점쟁이는 아니더라도 조금이나마 희망의 메시지는 들려주었잖아.

그 아줌마와의 그 인연은 벌써 29년 전의 일이다. 주변 사람들이 정초에 점을 본 이야기를 내게 들려주면, 나도 이 이야기를 들려주곤 한다. 내가 글을 쓰다가 점쟁이 취급받은 적이 있었다고, 점 좀 봐 달라고 엄청나게 시달린 적이 있었다고… 그 이야길 들은 사람들은 너무 재미있다고 까르르 까르르 웃어 댔다. "그 사람을 그냥 돌려보냈느냐, 나 같으면 그냥 굴러들어온 사람이니 적당히 점을 봐 주는 척하고 복채나 두둑이 챙겼을 텐데… 아깝다 아까워." 하는 사람이 있는가 하면, 냉철한 사람은 그때 당신이 어떻게 하고 있었기에 그 아줌마가 당신에게 점을 봐 달라고 했는지 자세히 좀 알려 달라고 묻는 사람도 있었다. 분명히 어떤 상황이나 오해의 소지가 당신에게도 분명히 있었을지도 모른다고… 그런 소릴 듣고 나니 내 잘못도 분명히 있긴 있는 듯했다.

지금으로부터 29년 전의 일이다. 난 그때 그 아줌마가 너무도 야속했지만, 지금 생각하면, 그 아줌마로 인해서 많은 교훈을 얻었던 것도 사실이다. 내가 바쁘다고 해서 전혀 모르는 사람이 나의 삶에 끼어들지 말란 법도 없고, 나는 가만히 내 일을 했지만, 그 아줌마에게 궁금증을 유발한 장본인이 된 셈이다. 그리고 나만 생각하지 않고, 다른 사람의 사정도 보듬고 살아가야만 한다는 사실을 인정하고 대처를 해야만 함을 나는 그때 비로소 깨달았지요. 내게 그런 일이 자주 일이 난다면, 심히 괴롭겠지요. 누구나 하루하루가 금싸라기 같은 시간일 테니까요.

아줌마. 지금 살아계시다면, 어딘가에서 잘 살고 계시겠지요? 아줌마의 그때 그 피 말리던 단 한 번의 추억 단 하루의 추억도 이젠 나의 젊은 날의 추억이 되어 버렸네요. 그때 그 아줌마가 보고 싶네요. 만약 어디선가 제가 쓴 글을 단 한 번만이라도 접하게 되거들랑 우리 그 옛날의 그 사건의 이야기 풀어놓고 실컷 웃어나 보자구요. 참 그때 그 새댁이었던 나의 아기도 궁금하겠지요? 그때 그 아기는 대한민국의 씩씩한 청년의 몫을 다하며 지금 열심히 살아가고 있네요.

설령 미래가 불투명하여 간혹 괴롭고 힘들긴 하여도 자신만의 이야길 젊은 날의 우리처럼 만들어 나가겠지요. 투명하게 인생을 알고 지나가는 것보다는 모르면서 지나갈 때 훨씬 더 매력적일 때도 참 많이 내 인생에서도 있었거든요. 다만 우리가 열심히 살아갈 때, 보다 어려운 일을 만났을 때, 그 누군가의 소망적인 이야기와 위로가 양념으로 우리 인생길에 필요하겠지요.

또랑 영자네 삶은 어디까지? (I)

유영자 지음

발 행 처 · 도서출판 청어
발 행 인 · 이영철
영　　업 · 이동호
홍　　보 · 천성래
기　　획 · 남기환
편　　집 · 방세화
디 자 인 · 이수빈 | 김영은
제작이사 · 공병한
인　　쇄 · 두리터

등　　록 · 1999년 5월 3일
(제321-3210000251001999000063호)

1판 1쇄 발행 · 2022년 4월 10일

주　　소 · 서울특별시 서초구 남부순환로 364길 8-15 동일빌딩 2층
대표전화 · 02-586-0477
팩시밀리 · 0303-0942-0478

홈페이지 · www.chungeobook.com
E-mail · ppi20@hanmail.net
I S B N · 979-11-6855-020-9(03810)

이 책의 저작권은 저자와 도서출판 청어에 있습니다.
무단 전재 및 복제를 금합니다.

이 책은 한국예술인복지재단 지원을 받아 제작되었습니다.